Dino

In der Reihe „The Tribe" sind bisher erschienen:

Band 1: Schöne neue Welt
Band 2: Zwischen Hoffen und Bangen
Band 3: Das Zeitalter der Auserwählten
Band 4: Der Weg in die Freiheit
Band 5: Die Ankunft der Technos
Band 6: Verloren im Paradies

Die Vorgeschichte, Band 1: Bray und Martin
Die Vorgeschichte, Band 2: Lex und Ryan
Die Vorgeschichte, Band 3: Amber und Dal

THE TRIBE™

Die Vorgeschichte
Amber und Dal

Linda Jensen

Dino

Die Deutsche Bibliothek – CIP-Einheitsaufnahme

Ein Titeldatensatz für diese Publikation ist bei der Deutschen Bibliothek erhältlich.

Dieses Buch wurde auf chlorfreiem, umweltfreundlich hergestelltem Papier gedruckt.

The Tribe, Die Vorgeschichte, Band 3: Amber und Dal
2003 Panini Verlags GmbH,
Rotebühlstraße 87, 70178 Stuttgart
Dino ist ein Imprint der Panini Verlags GmbH.

Nach einer Idee von Raymond Thompson, Executive Producer.

Redaktion: Claudia Weber (verantw.), Silke Gericke
Lektorat: Ray Bookmiller
Umschlaggestaltung: TAB Werbung, Stuttgart
Satz: Greiner & Reichel, Köln
Druck: Panini S. p. A. Modena, Italien
ISBN: 3-89748-813-2

www.panini-dino.de

Auf der Preisverleihung

Was haben die denn noch zu tuscheln?, fragt sich Amber angespannt. Sie will die Entscheidung der Juroren endlich verkündet bekommen. Jetzt. Sofort! *Echt nicht schön, uns so lange im Ungewissen zu lassen!* Wie auf glühenden Kohlen sitzt sie da, am Tisch mit den anderen Teilnehmern des Wettbewerbs, den Preisrichtern gegenüber, die das Urteil sprechen sollen.

Amber hat nicht mehr in die Menge der Zuschauer geschaut, seit ihre Altersstufe dazu aufgerufen worden ist, die Ergebnisse ihrer Forschungen zu präsentieren. Die Aula ist gut gefüllt, jeder Teilnehmer hat seinen Anhang mitgebracht. Sie weiß, ihre Eltern und viele ihrer Freundinnen sind da und fiebern mit ihr. Aber Amber hat kaum aufs Publikum geachtet. Sie ist mit jeder Faser auf ihre Ausführungen konzentriert gewesen und hat nicht gewagt, sich während ihres Vortrags durch Blickkontakte mit ihrem Vater, Lucy und Solaris von ihrem Referat ablenken zu lassen.

Im Grunde kann sie schon jetzt stolz auf sich sein, denn alles lief nach Plan. Kein Stottern, kein Hänger. Durch den geschickten Aufbau ihrer Darstellung ist es ihr gelungen, aus dem an sich trockenen Thema etwas Interessantes zu machen. Jedenfalls haben ihr die Zuhörer unten im Saal nach ihrem Referat auffallend viel Beifall gespendet. Ob sie jedoch auch die Juroren für ihre Präsentation hat gewinnen können, kann sie nur schwer einschätzen. Ihrem Gefühl nach kann sie allerdings zuversichtlich sein. Denn jeder andere Mitbewerber ihrer Altersgruppe hatte bei seinem Vortrag mindestens einen Patzer gemacht. Zudem ist sie davon überzeugt, die beste Arbeit von allen abgeliefert zu haben.

In der Altersklasse unter ihr wurde derjenige Vortrag mit dem ersten Preis ausgezeichnet, der auch Amber am besten gefallen hat. Im Unterschied zu ihr ist es dem Sieger – Dal Ranjee – allerdings erspart geblieben, lange auf das Ergebnis warten zu müssen. Schnell waren sich die Juroren einig, dass keinem anderen der Sieg zuzusprechen war als ihm. Seine Untersuchungen von Bakterien, die sich von Erdöl ernähren, haben nämlich zu einem sensationellen Ergebnis geführt. Dal schien selbst noch tief beeindruckt von seiner Entdeckung zu sein, als er die Möglichkeit andeutete, diese Bakterien im Kampf gegen die Ölteppiche auf den Meeren einsetzen zu können. Sie schaut zu ihm hinüber. Kein Wunder, dass er strahlt wie ein Schneekönig. Sie lächelt ihm voller Respekt zu – ein Lächeln, das Dal glücklich nickend erwidert.

In diesem Moment lässt das Räuspern des Rektors Amber zusammenzucken. Mr Parker ist der Vorsitzende der Juroren und darf die Urteile verkünden, über die vor ihm auf dem Tisch ausgebreiteten Siegermedaillen hinweg. Leise seufzend lehnt sich Amber zurück. Obwohl sie darüber erleichtert ist, dass der Direktor sich nun endlich erhebt, wird ihr gleichzeitig flau im Magen. Denn der Augenblick der Entscheidung ist jetzt gekommen.

Mit raumfüllender Stimme vermeldet Mr Parker über sein Mikrofon: „Liebe Kandidaten der Stufe 8, liebes Publikum. Die Gewinner des Tages sind gefunden!"

Amber hält die Spannung kaum noch aus. Nervös dreht sie zwischen Daumen und Zeigefinger eine Strähne ihrer halblangen blonden Haare.

„Der dritte Preis geht an ...", verkündet Mr Parker und lässt sich bedrückend viel Zeit. „... Carl Gonzales! Applaus für den jungen Forscher und seine Studie über die moderne Verkehrsregelung!"

Alle im Saal spenden dem Preisträger Beifall. Amber verfolgt, wie Carl aufsteht, verlegen die Bronzemedaille entgegennimmt und sich still wieder setzt.

Als sie sieht, wie tief seine Verlegenheit geht, muss sie trotz aller Anspannung unwillkürlich lächeln. Ganz rot ist er im Gesicht.

„Wir kommen zur Silbermedaille!“, ruft Mr Parker. „Sie geht in diesem Jahr an Robbie Klein. Für seine Untersuchung des Einflusses der Umweltverschmutzung auf die Ausbreitung von Braunalgen in unseren heimatlichen Gewässern. Herzlichen Glückwunsch, Robbie!“

Während der Preis verteilt wird, spricht sich Amber im Stillen Mut zu. Voller Zuversicht heftet sich ihr Blick auf die goldene Trophäe – die einzige, die noch übrig ist.

„Und nun zum Hauptpreis!“, verkündet der Rektor endlich. „Wie Sie wissen, ist die Goldmedaille verbunden mit einem Scheck, dessen Höhe leider ziemlich bescheiden ist. Dennoch, die Geldsumme soll es dem Gewinner – beziehungsweise der heutigen Gewinnerin – ermöglichen, weiterzuarbeiten. In diesem Sinne gratuliere ich dir von ganzem Herzen für deine hervorragend recherchierte und vor allem glänzend strukturierte Arbeit über Hausmüllreduzierung! Applaus für unsere diesjährige Siegerin Amber Martins, die Tochter eines der berühmtesten Schauspieler unseres Landes!“

Schlagartig löst sich Ambers Anspannung in einem Jauchzer des Glücks. Sie kann es kaum fassen, dass ihr der Sieg gelungen ist. Wie in Trance erhebt sie sich und geht zum Tisch der Juroren hinüber. Den Händedruck des Direx spürt sie kaum, so überwältigt ist sie. Als er ihr die Goldmedaille umhängt und ihr noch einmal gratuliert, bringt sie nicht ein einziges Wort des Dankes heraus. Sprachlos vor Glück nimmt sie den Scheck entgegen. *Geschafft!*, frohlockt es in ihr. *Ich habe es wirklich geschafft!*

Um ihre Freude zu zeigen, dreht sie sich in Richtung Zuschauer und streckt ihre Medaille in die Höhe. Ihre Eltern und alle ihre Freundinnen und Freunde sind aufgestanden und spenden ihr jubelnd Beifall. Auch andere aus dem Publikum applaudieren im Stehen. Aber Amber hat nur Augen für die Menschen in der dritten Reihe links. Als sie in deren strahlende Gesichter schaut, wird ihr schlagartig der Glanz ihres heutigen Triumphes bewusst.

Die Aula hat sich geleert. Nur noch ein paar kleinere Grüppchen sind übrig geblieben. Die Sieger werden gelobt, die Verlierer getröstet. Amber ist bei ihren Eltern gestanden, als sie etwas abseits Dal entdeckt hat. Sie ist auf ihn zugegangen, um ein bisschen mit ihm zu plaudern. Da er in derselben Forschungsgruppe arbeitet wie sie, kennt sie ihn zwar bereits vom Sehen, gesprochen haben sie bisher aber noch nicht miteinander.

„Du bist also Dal“, beginnt sie und reicht ihm die Hand. „Ich bin Amber. Du hast mich echt beeindruckt mit deinem Vortrag! Meinen Glückwunsch! Du hast den Preis wirklich verdient!“

„Danke“, erwidert er einfach. „Du warst aber auch großartig, ehrlich!“

„Tja, ich bin eben ein Genie!“ Mit einem kurzen Lachen zieht sie ihren Lieblingssatz rasch ins Ironische, da sie auf gar keinen Fall arrogant erscheinen will. Dann winkt sie ab. „Aber dein Thema war viel interessanter! Da steckt bestimmt viel Arbeit dahinter.“

Ihre Bemerkung entlockt ihm ein schalkhaftes, leises Lächeln. „Ach, es war gar nicht so wild. Ich habe im Netz ein Forum eingerichtet und mir so Zugang zu einigen Untersuchungen verschafft, die mir nützlich waren. Der Rest war dann einfach.“

Dal ist einen Kopf kleiner als sie, und dennoch wirkt er durch seine Bescheidenheit größer und reifer auf Amber, als sie es bei einem Jungen seines Alters erwartet hätte.

„Und? Machst du weiter?“, erkundigt sie sich.

„Mit meiner Untersuchung?“ Er schüttelt verneinend den Kopf. „Ein paar Konzerne interessieren sich dafür, weißt du. Die übernehmen das jetzt.“

„Aber das sind doch deine Ergebnisse!“, ereifert sie sich. „Die kannst du doch nicht einfach in fremde Hände geben!“

„Muss ich wohl“, sagt er ohne eine Spur von Enttäuschung. „Was ich gemacht habe, war ja von Anfang an öffentlich, verstehst du? Allgemeingut, wenn du so willst. Zudem käme ich in dem Minilabor meiner Eltern zu Hause sowieso nicht weiter.“

„Klingt logisch“, gibt sie nachdenklich zu. „Aber trotzdem! Ich würde darum kämpfen, an dem Thema weiterarbeiten zu dürfen!“

Sie würde das Gespräch gerne fortführen, wird aber von ihren Eltern zum Aufbruch gedrängt. „Ich komme ja, ich komme!“, ruft sie zu ihnen hinüber. „Tut mir Leid, dass ich jetzt gehen muss“, wendet sie sich an Dal. „Aber wir reden noch mal darüber, in Ordnung?“

„Ja, warum nicht?“, entgegnet er lächelnd. „Ich bin mir ziemlich sicher, dass ich eine ganze Menge von dir lernen kann!“

Sie zwinkert ihm zu und scherzt: „Na, klar! Du weißt ja, ich bin ein Genie!“

Vorsicht und Vertrauen

Von jedem Lehrer hat Dal am nächsten Tag ein Lob zu hören bekommen, vor versammelter Klasse. *Peinlich, peinlich!* Als dann der Gong das Ende der letzten Stunde anzeigt, ist er froh, dass die Schule für heute vorbei ist. Bedrückt macht er sich auf den Heimweg.

„Hey, Streber!“, ruft jemand vor ihm.

Dal blickt auf und erkennt am Tor des Schulhofs Ernie Tabell mit drei anderen Jungs aus seiner Klasse. Offensichtlich haben sie ihn abgepasst.

„Meinst du mich?“, fragt er beklommen. Ihm schwant nichts Gutes. Ernie ist ein Grobian und kommt sich im Kreis seiner Kumpels vor wie ein König. Dem ist alles zuzutrauen. Dal beginnt sich zu fürchten.

„Wen denn sonst, du Zwerg?“, sagt Ernie scharf und baut sich bedrohlich vor ihm auf. „Wir mögen keine Streber! Streber sind Weicheier. Und was macht man mit Weicheiern?“ Grinsend wendet er sich an seine Kumpane, die ihn erwartungsvoll anblicken. „Na, was schon? Man klopft sie auf!“

Während Ernie zustimmendes Gelächter erntet, überlegt Dal fieberhaft, wie er sich verhalten soll. *Komme ich an ihnen vorbei? Zum Tor hinaus? Nein, keine Chance.* Ein Lehrer ist auch nicht in Sicht. Er kann nur hoffen, dass sie nicht Ernst machen.

Versuch sie zu beruhigen!, denkt er und nimmt seinen Mut zusammen: „Mann, Ernie, bleib geschmeidig, ja?“, sagt er in verbindlichem Ton. „Nächstes Jahr schnappst du dir den Preis. Okay? Also lasst mich jetzt gehen ...“

Aber anstatt darauf einzugehen, schubst Ernie ihn den anderen in die Arme. Er wird zwischen ihnen hin- und hergestoßen, ohne sich wehren zu können.

„Hört doch auf damit! Aufhören, bitte!“, ruft er verzweifelt.

Aber sie lachen nur und ihre Stöße werden immer härter, immer gemeiner.

Plötzlich fährt ein Mädchen dazwischen und drückt seine Widersacher grob zur Seite. *Aber das ist ja ...*

„Amber!“, ruft Dal erleichtert.

„Habt ihr sie nicht mehr alle?“, fährt Amber die vier an, die nun von Dal abgelassen haben und überrumpelt und wütend dastehen. „Was soll das? Schluss mit diesem Unsinn!“

Sie zieht Dal am Ärmel mit sich fort und will durch

seine Klassenkameraden hindurch aufs Tor zugehen. Aber Ernies Verblüffung ist gewichen, er versperrt den beiden den Weg.

„Noch so eine Streberin!“, höhnt er. „Ein schönes Pärchen seid ihr! Ein Streber und eine Streberin! Ich lach mich tot!“

Amber macht einen Schritt auf Ernie zu und tritt ihm Auge in Auge gegenüber. Dal kann nur darüber staunen, wie furchtlos sie ist. Er sieht, wie Ernies Grinsen erstirbt. Eine Zeit lang stehen die beiden voreinander und betrachten sich mit kalten Blicken.

Schließlich sagt sie: „Wenn du genug gelacht hast, dann erklär mir doch mal, was du gegen uns hast. Oder bist du dazu zu feige?“

Entweder prügelt er jetzt los oder sie hat gewonnen. Mann, hat die Mut!

„Zu feige? Das hättest du wohl gerne!“, braust Ernie auf und schaut sich verunsichert nach seinen Kumpels um.

„Na, also, dann erklär's uns. Warum spielt ihr euch so vor uns auf?“, wird er von Amber bedrängt. „Was habt ihr davon, wenn ihr Dal verhaut? Meint ihr etwa, dann ist euch besser? Wisst ihr, was ihr wirklich davon hättet? Soll ich dir's sagen, Ernie? Tierischen Ärger! Das kann ich dir garantieren! Ihr wisst ja gar nicht, worauf ihr euch einlasst, wenn ihr euch mit mir anlegen wollt. Deshalb verrate ich's euch, bevor ihr Mist baut. Ich bin Mitglied der Schülerinitiative gegen Mobbing unter Schülern. Ihr wärt nicht die Ersten, die von unserer Selbsthilfegruppe angezeigt werden und dann von der Schule fliegen. Also, wenn ihr nicht völlig bescheuert seid, dann verzieht ihr euch jetzt besser. Kapiert? Oder wollt ihr's unbedingt schriftlich haben?"

Nach diesem Redeschwall holt Amber erst einmal Luft und schaut Ernie und seine Genossen herausfordernd an. Keiner von ihnen weiß etwas auf den Hagel ihrer Fragen zu antworten. Ziemlich nachdenklich scheinen sie geworden zu sein. Sie so verunsichert und eingeschüchtert zu sehen, lässt Dals Herz vor Freude fast zerspringen.

Ernie sucht Blickkontakt mit seinen Kumpanen, als wollte er von jedem Einzelnen wissen, wie die Lage einzuschätzen ist. Doch ihre Mienen spiegeln noch immer Verblüffung und Ungehaltenheit wider. Reichlich hilflos poltert Ernie – an Amber gewandt – los: „Glaubst du im Ernst, ich lass mich von dir schikanieren? Haut ab, ihr zwei, ich kann euch nicht mehr sehen! Klugscheißer, verdammte!"

Dal sieht, wie über Ambers Gesicht ein leises Lächeln der Zufriedenheit huscht. *Sie hat tatsächlich gewonnen!* Er begreift, dass es Ernie nur noch darum gehen kann, ohne weitere Demütigung für sich und seine Kumpels aus der Sache herauszukommen. Ambers Drohung, sie bei der Schulleitung anzuzeigen, hat also gewirkt.

Die beiden werden von ihnen nicht mehr behelligt. Im stolzen Gefühl, dank Ambers mutigem Einschreiten einer gefährlichen Situation entronnen zu sein, verlässt Dal in ihrer Begleitung den Schulhof.

„Idioten!“, knurrt Dal vor sich hin, während er mit Amber nach Hause fährt. Wie sich herausgestellt hat, wohnen sie beide in derselben Gegend. Im Vorort Bellevue Heights. Allerdings hat Dal dieser erfreuliche Zufall noch nicht ganz über seinen Groll gegen Ernie und Konsorten hinweggeholfen.

Amber zuckt verächtlich die Schultern. „Vergiss die doch endlich! Die wissen jetzt, dass du unter dem Schutz unserer Selbsthilfegruppe stehst, und werden sich bestimmt nicht mehr an dich rantrauen. Wenn du willst, kannst du übrigens bei uns einsteigen. Dann wärst du noch sicherer.“

„Gute Idee, das werde ich tun! Ich find's nämlich ganz und gar nicht in Ordnung, dass man an unserer Schule ständig Angst haben muss, Prügel zu kassieren – oder Schlimmeres!“

„Genau deshalb haben wir uns gegründet. Diese Gewalt muss aufhören!“

Dal nickt nachdrücklich und schaut daraufhin versonnen aus dem S-Bahn-Fenster. Er ist wirklich froh,

Amber kennen gelernt zu haben. In ihrer Gegenwart fühlt er sich wohl. Sie scheinen auf derselben Wellenlänge zu senden. Da er sich seit dem Tod seiner Schwester im Umgang mit Schulkameraden eher zurückhaltend gezeigt hat, sind ihm eigentlich nur seine Eltern als echte Vertraute geblieben. Er ist durchaus nicht kontaktscheu, überlegt es sich jedoch lieber zweimal, bevor er sich öffnet. Hätte er in der Klasse nicht schon oft bewiesen, dass er für jeden guten Scherz zu haben ist, würde er wahrscheinlich als Außenseiter gelten. So aber hat er nur Ernie und dessen Clique gegen sich. Und auf deren Gunst kann er getrost verzichten.

„Seit wann wohnt ihr in Bellevue Heights?", reißt ihn Amber aus den Gedanken.

„Oh, schon lange. Meine Eltern sind schon vor Sheelas Geburt hingezogen." Da Amber ihn fragend anschaut, ergänzt er: „Sheela war meine ältere Schwester."

„*War*? Dann ist sie ..."

„Sie ist beim Schwimmen im Meer ertrunken", bestätigt er traurig. „Sie war so alt wie ich jetzt."

Amber wirft ihm einen warmen, Anteil nehmenden Blick zu. „Das tut mir Leid, ehrlich. Die Art, wie du über sie sprichst ... Ihr scheint euch gut verstanden zu haben."

„Mhm."

Mehr bringt er nicht heraus, da ihn die Erinnerungen an Sheela überwältigen. Sie konnte schwimmen wie ein Fisch, geriet aber in eine eiskalte Strömung, bekam einen Krampf und ging unter. Dal hat sie nie wieder gesehen. Dennoch ist jeder ihrer Gesichtszüge unauslöschlich in sein Gedächtnis eingebrannt. Noch heute gilt ihm ihr lebensfrohes Wesen als ein Vorbild für seinen eigenen Charakter.

An der Haltestelle *Bellevue Heights* angekommen, hat Dal sich dazu entschlossen, sich auf eine besondere Weise bei Amber für ihr Eingreifen zu bedanken. Er führt sie an den Rand des weitläufigen Gartens, an dessen anderem Ende die Villa seiner Eltern steht. In die Krone einer riesigen Ulme hat er mit Sheela und seinem Vater ein Baumhaus gebaut. Im Sommer, wenn der Baum belaubt ist, ist es von unten nicht sichtbar, und den Zugang haben sie geschickt versteckt. Dieses Baumhaus ist Dals „Residenz", in die er sich zurückzieht, um über sein imaginäres Reich zu herrschen.

Von einem entfernt stehenden Apfelbaum holt er einen langen Stab herbei, dessen Ende in einen Eisenhaken ausläuft. Mit diesem Haken angelt er in der Ulme herum, bis er gefunden hat, wonach er sucht. Dumpf am Stamm aufprallend fällt eine Strickleiter herunter. An ihr hangelt er sich, dicht gefolgt von Amber, bequem bis in die Krone hinauf.

„Wow!", ruft Amber aus, als sie neben ihm im Baumhaus steht. „Das ist ja ein kleiner Palast!"

Dal lacht. „Nur nicht übertreiben! Aber du hast schon Recht, hier kann man es eine Weile aushalten."

Er zeigt ihr die mit Lebensmitteldosen und Büchern voll gepfropften Regale an den Bretterwänden des ungefähr fünfzehn Quadratmeter großen Raums, der mit einer Pritsche, einem Tisch, einem Stuhl und einer alten Seemannskiste beinahe ausgefüllt ist. Auf dem Tisch steht ein Ghettoblaster, und daneben sind einige CDs übereinander gestapelt. In einer Ecke ist unter einer Konsole mit einem Gaskocher und etwas Geschirr ein großer Kanister voller Wasser zu finden. Dal strahlt, als er sieht, wie überrascht Amber von der Ausstattung ist. Ganz genau nimmt sie alles in Augenschein. Vor einem gerahmten Bild auf einem der Regale stutzt sie.

„Deine Schwester?"

„Ja, das ist Sheela. Die letzte Aufnahme von ihr."

„Ihr seht euch unglaublich ähnlich! Die gleichen braunen Augen, die gleichen Gesichtszüge. Wenn sie ihr Haar so kurz hätte wie du ... Man könnte euch glatt für Zwillinge halten, echt!"

„Wir waren nur Geschwister", erwidert Dal eine Spur kühler, als er gewollt hat. Er bedauert keineswegs, Amber heraufgeführt zu haben, möchte ihr gegenüber allerdings noch einen gewissen Abstand wahren. Zwar ist er sich ziemlich sicher, in ihr eine Vertraute gefunden zu haben, will aber nichts überstürzen.

„Komm, wir klettern wieder runter", schlägt er deshalb vor.

Er steigt zuerst hinab und Amber folgt seinem Beispiel. Als sie wieder festen Grund unter den Füßen haben, bedankt sie sich dafür, von ihm in sein Geheimnis eingeweiht worden zu sein. Er bedankt sich bei ihr für die Rettung vor Ernie und seinen Spießgesellen und verspricht, sie bald zu Hause zu besuchen.

Wieder allein, versteckt Dal die Strickleiter und den Hakenstab und schlendert daraufhin zufrieden durch den Garten zur Villa.

FREUNDE

Amber findet es toll, dass Dal schon zwei Tage später sein Versprechen einlöst und bei ihr auftaucht. „Hallo, Dal!“, begrüßt sie ihn aufgeräumt an der Haustür. „Komm rein. Du kommst gerade recht zu Tee und Kuchen!“ Sie führt ihren Gast durch die Halle ins Wohnzimmer. Weil sie gerade zu Scherzen aufgelegt ist, stellt sie ihm in keckem Ton ihre am Tisch sitzende Familie vor: „Die leider schon etwas angegraute Sportskanone an der Stirnseite ist Jim, mein gestrenger Herr Vater. Ich schätze, du wirst ihn bereits kennen. Er ist ein wundervoller Schauspieler! Zu seiner Linken, die Dame mit der Teetasse in der Hand, das ist Lucy. Nicht zu verwechseln mit dem hässlichen Geschöpf zu seiner Rechten: Das ist meine Schwester Solaris, aber sie ist nicht weiter wichtig und hat sowieso nichts zu sagen. Und hier, hier sitze ich“, sagt sie, nimmt ihrer Schwester gegenüber Platz und zeigt auf den freien Stuhl neben sich. „Und hier du. Willst du zu diesen herrlichen Quarktörtchen, die Lucy übrigens selbst gebacken hat, Tee oder Limonade?“

Absichtlich hat sie Dal kaum genug Zeit gelassen, allen die Hand zu schütteln. Sie macht sich einen Spaß daraus, ihn mit dem lockeren Ton zu überfahren, den die Familienmitglieder manchmal unter sich pflegen.

„Tee, bitte", gibt er artig zur Antwort und setzt sich.

„Leider hat unser Hausmädchen sonntags frei, sonst würde natürlich sie dir auftragen", spinnt Amber den Ulk weiter. „Da unsere allseits geschätzte Franny aber nun einmal nicht zur Verfügung steht, möchte ich dich bitten, Solaris, ein Gedeck für meinen Gast zu holen. Wenn du so nett wärst? Ich werde mich so lange um ihn kümmern."

„Bäh!", macht Solaris und streckt Amber die Zunge heraus. Doch geht sie – ohne weiter zu murren – in die Küche und kehrt schon nach kurzem mit dem Gewünschten zurück. „Bitte schön, der Herr!", wendet sie sich mit einer Verneigung an Dal, stellt das Gedeck graziös vor ihm ab, zupft es zurecht, verneigt sich, gießt ihm Tee ein und legt ihm ein Törtchen auf den Teller, verneigt sich abermals und nimmt daraufhin seelenruhig wieder Platz.

Lucy lacht glucksend auf. „Jetzt ist es aber genug, ihr beiden! Ihr macht den armen Dal ja ganz verlegen! Dal, Amber erzählte mir, deine Eltern wohnen schon ziemlich lange hier. Wie kommt es dann, dass wir uns noch nicht begegnet sind?"

Dal zuckt ein wenig verschämt die Achseln. „Weiß nicht. Meine Eltern arbeiten ziemlich viel …"

„Sind sie nicht beide Ärzte?", meldet sich Jim zu Wort.

„Ja, stimmt", bestätigt Dal. „Sie arbeiten im Pharao Center."

„Oh, im Pharao Center!", meint Jim bewundernd. „Das ist eine der besten Kliniken im Land!"

„Das kann ich nur bestätigen!", sagt Lucy mit einem zärtlichen Seitenblick zu Jim und wendet sich dann wieder Dal zu. „Ich wurde dort zur Krankenschwester ausgebildet, musst du wissen. Aber das ist viele Jahre her. Danach habe ich Dianne betreut, Jims erste Frau, die Mutter dieser beiden Raubkatzen hier."

Nach dieser liebevoll gemeinten Bezeichnung legt Lucy ihre Hände auf die von Solaris und Amber. Solaris entzieht ihr die Hand und starrt zur Seite, während Amber besorgt ihren Vater beobachtet.

Wieder ist er zusammengezuckt, wie immer, wenn jemand Diannes Namen nennt. Schlagartig ist auch Ambers Heiterkeit verflogen, denn sie wird ebenfalls von Erinnerungen an ihre verstorbene Mutter bedrängt.

Diannes Tod nach langem Siechtum muss Jim viel tiefer erschüttert haben, als Amber damals erfassen konnte. Im Nachhinein ist sie froh, in ihrem damaligen Alter von acht Jahren einfach zu jung gewesen zu sein, um alles verstehen zu können. Zwar hat auch sie unter dem Verlust ihrer Mutter überaus gelitten, aber eben nur bis zu den Grenzen ihres Kinderverstands. Nach einiger Zeit aber, spätestens jedoch als Lucy an Diannes Stelle trat, begann ihre Trauer allmählich zu verfliegen. Seither lebt ihre Mutter in Ambers Gedächtnis weiter als die kostbarste Erinnerung, die sie hat.

Solaris hat das Zimmer ihrer Wohnung über der Garage zu einer üppigen Kissenlandschaft ausgestaltet. Auf diesen Diwanen liegen Amber, ihre Schwester und Dal am späteren Nachmittag und hören Musik.

„Was kann ich dafür, dass ich mit Lucy nicht richtig klarkomme?“, nimmt Solaris den Faden der Unterhaltung wieder auf, nachdem die drei eine Weile schweigend der spanischen Gitarrenmusik gelauscht haben. „Es ist ja nicht so, dass ich sie nicht mag. Aber jedes Mal, wenn sie mich berührt, denke ich: *Du bist nicht meine Mom!*“

„Niemand macht dir Vorwürfe deswegen“, erwidert Amber mitfühlend. „Aber wenn du schon sagst, du magst Lucy, dann könntest du ihr das ruhig einmal zeigen!“

„Du hast gut reden! Du bist ja ihr Sonnenschein!“

„Stimmt doch gar nicht! Sie liebt dich ganz genauso wie mich!“

„Und wenn schon!“, hält Solaris dagegen und verstummt augenblicklich, wie sie es an diesem für sie heiklen Punkt immer tut.

Amber versteht ihre Schwester gut. Nicht aus Eifersucht redet Solaris so, sondern weil sie zwei Jahre älter ist und deshalb das traurige Geschehnis von damals ganz anders aufgenommen und verarbeitet hat als Amber. Tausend Mal schon haben sie darüber gesprochen, und jedes Mal verschanzt sich Solaris am Ende hinter genau der Notlüge, die sie jetzt wieder vorgebracht hat. Dabei weiß sie so gut wie Amber, dass Lucy ihnen beiden eine gute Mutter ist. Doch um ihre Erinnerung an Dianne zu bewahren, will sie Lucy nicht den Platz in ihrem Herzen einräumen, den diese sich als gute Stiefmutter längst verdient hätte.

Um das eingetretene Schweigen zu entspannen, versucht Amber mit Dal ins Gespräch zu kommen. Sie bereut ein wenig, ihn mit ihrer Albernheit beim Tee in die Defensive gedrängt zu haben, und will dies nun wieder gutmachen. „Da kann man nur hoffen, dass es bei euch zu Hause entspannter zugeht!“, wendet sie sich in aufgeräumtem Ton an ihn.

Er stützt sich auf und sieht Amber freundlich an. *Trägt er mir also den Unsinn von vorhin nicht nach,* denkt sie erleichtert.

„Meistens schon“, sagt er einfach. „Aber irgendwie ist es ähnlich wie hier. Als wäre meine Schwester immer noch da.“ Er erklärt Solaris: „Sheela. Sie ist ertrunken. Vor anderthalb Jahren.“

Solaris seufzt mitfühlend auf. „Das war bestimmt ein schwerer Schock für dich!“

Trauriges Nicken. „Aber mein Dad sagt“, beeilt er sich hinzuzufügen, „dass es nicht gut ist, in der Vergangenheit zu leben. Deshalb tut mir den Gefallen und lasst uns von etwas anderem reden.“

Stark!, denkt Amber. *Obwohl er von sich aus wenig preisgibt, wirkt er überhaupt nicht verschlossen auf mich, sondern abgeklärt. Sehr reif für sein Alter! Und wie er unser vorlautes Geschnatter beim Tee erduldet hat! Als würde er turmhoch darüber stehen. Ja, abgeklärt, das ist der richtige Ausdruck.*

„Okay!“, stimmt Solaris seinem Vorschlag zu. „Wie wär's dann mit der Zukunft? Weißt du denn schon, was du später machen willst?“

„Ich will Arzt werden, wie meine Eltern“, antwortet Dal, ohne lange zu überlegen. „Und ihr?“

„Also, ich weiß es noch nicht genau“, gesteht Solaris. „Vielleicht etwas Soziales.“

„Ich bin mir auch noch nicht ganz sicher“, erklärt Amber. „Seit ich in der Theater-AG bin, könnte ich mir vorstellen, Schauspielerin zu werden. Wenn ich mich richtig reinhänge …“

Dal unterbricht sie: „Wollt ihr denn nicht studieren?"

Während Solaris unschlüssig den Kopf schüttelt, meint Amber: „Warum nicht? Nur wüsste ich nicht auf Anhieb, was."

„Du hast ja noch ein paar Jahre Zeit zu überlegen!", erwidert Dal auflachend.

„Stimmt!", gibt sie scherzend zurück. „Und was machen wir bis dahin?"

„Was mich anbelangt – ganz klar", sagt Solaris mit trockenem Humor. „Ich suche mir einen stinkreichen, traumhaft schönen und unglaublich romantischen Mann!"

„Schade!", sagt Amber erheitert. „Diesen einen, den wollte ich mir eigentlich angeln! Dann bleibt mir also nichts anderes übrig, als mich an dich zu halten, Dal. Auf rein freundschaftlicher Basis, versteht sich."

„Klar!", erwidert er prompt, indem er ihren Ton aufgreift. „Auf rein freundschaftlicher Basis."

„Dann sind wir also Freunde?", fragt sie, einer spontanen Eingebung folgend, und streckt ihm ihre geöffnete Linke hin.

Dal nickt. In seinen Augen liegt unverkennbar ein Schimmer der Dankbarkeit. „Freunde!", sagt er und klatscht sie ab – mit der rechten Hand, denn im Unterschied zu Amber ist er Rechtshänder.

Ein Abend und der Morgen danach

Es ist ein berauschendes Gefühl, im Pulk mit Amber und ihren Freundinnen und Freunden zum Ausgang zu strömen. Heute lernt Dal sie alle kennen.

Auf dem Platz vor dem Kino angelangt, atmet Dal voller Genuss die frische Luft ein, die endlich etwas abgekühlt hat und nach Blüten duftet. Er ist neugierig, was heute alles passieren wird. Nach der Party darf er sogar mit den anderen im Haus von Beckys Eltern übernachten und morgens im Swimmingpool baden. Becky ist Ambers beste Freundin, aber leider mehr als zwei Köpfe größer als Dal. Weil er zu ihr aufschauen muss, fühlt er sich in ihrer Gegenwart etwas unbehaglich. Ihre Eltern sind durch die Arbeit im Gemeindezentrum mit seinen Eltern bekannt; deshalb musste er um die Erlaubnis, die Nacht bei Becky verbringen zu dürfen, nicht lange bitten. Das söhnt ihn mit ihrer Körpergröße einigermaßen aus.

Auf dem Weg vom Kino zur Party verhält er sich schweigsam und beobachtet, wie die anderen sich geben. Tabitha, Tabby genannt, scheint ein äußerst fröhliches Mädchen zu sein. Ihr Gesicht strahlt unter der rotblonden Pagenfrisur auf, sobald ihr auch nur ein halbwegs witziger Kommentar gelingt. Mit Yannis, ihrem Cousin, zieht sie gerade feixend über den Film her. Noch nie hat Dal so viele Explosionen und Crashs in einen einzigen Streifen gepackt gesehen. Aber die Story fand er absolut an den Haaren herbeigezogen. Genau diese Meinung vertritt gerade auch Amber. Gut gelaunt streitet sie sich mit Brock, einem offenbar überzeugten Actionfan, der den Film als durchaus gelungen bezeichnet. Brock ist ein Jahr älter als die andern der Clique, da er eine Klasse wiederholt hat, und muss sich allem Anschein nach schon rasieren. Seine männliche Rauheit schüchtert Dal ein wenig ein.

Doch an diesem Abend kann nichts und niemand Dals gute Laune trüben.

Die Party ist bereits in vollem Gange, als sie ankommen. Wie die anderen der Clique hat auch Dal Hunger und strebt mit ihnen durch die vielen Gäste hindurch zum Buffet, das auf der Terrasse aufgebaut ist. Neben den langen Tischen mit kalten und warmen Köstlichkeiten schmoren auf einem riesigen Grill enorme Mengen Fleisch. Dal läuft das Wasser im Mund zusammen. Von den verschiedenen Bediensteten hinter der Tischreihe lässt er sich zunächst einmal eine üppige Portion Salat auf den Teller häufen. Um ein Steak will er den Grillmeister, der unter seiner Kochmütze schwitzt wie ein Schwerathlet, später bitten.

Noch während er im Kreis seiner neuen Freunde seinen ersten Gang verdrückt, tauchen Beckys Eltern auf und begrüßen sie. Das von Höflichkeitsfloskeln begleitete Händeschütteln will kein Ende nehmen. Als sie zu Dal kommen, muss er ein paar Fragen über seine Eltern beantworten. „Dass sie aber auch immer so viel arbeiten müssen!“, klagt Beckys Mutter augenrollend. „Esst nur, esst!“, werden sie von ihr aufgefordert. „Es ist von allem genug da!“ Daraufhin verabschiedet sie sich in Begleitung ihres Mannes mit der Entschuldigung, sie müssten sich nun wieder um die Gäste kümmern.

„Esst nur, esst!“, äfft Tabby den überschwänglichen Ton von Beckys Mutter nach und gluckst kichernd vor sich hin. „Deine Mom steht voll unter Strom, aber echt!“

Becky winkt genervt ab. „Das kannst du laut sagen! Als Gastgeberin lässt sie nichts auf sich kommen. Logisch, dass sie es dabei manchmal übertreibt. Aber sonst ist sie ganz in Ordnung.“

„Wenn bei uns volle Hütte ist“, sagt Yannis, „benehmen sich meine ganz genauso. Die drehen dann völlig durch. Man kann kein vernünftiges Wort mehr mit ihnen reden!“

„Kenn ich!", lacht Amber. „Manchmal wünsche ich mir, wir würden in der Innenstadt wohnen. Da gibt es diese Gartenpartys nicht. Dann würden sich unsere Eltern vielleicht mehr um uns und weniger um diese ewigen Gäste kümmern!"

„Du magst Gartenpartys also nicht", meint Brock grinsend. „Ich schon! Wo gibt es denn sonst so saftige Steaks? Also, ich gehe mir jetzt eines holen – das dickste und blutigste, das sie haben! Wer kommt mit?"

Alle schließen sich an, auch Tabby, obwohl sie Vegetarierin ist und kein Steak will. Nach dem Essen setzen sie sich an einen der Terrassentische. Von hier aus hat man einen guten Überblick. Spöttelnd unterhalten sie sich für den Rest des Abends über das äußere Erscheinungsbild oder das ungeschickte Verhalten einzelner Gäste. Dal ist stolz darauf, von der Gruppe akzeptiert zu werden, und amüsiert sich köstlich. Bis kurz nach Mitternacht bleibt er mit seinen neuen Freunden wach, dann richten sich alle in einem der Gästezimmer zum Schlafen ein.

Als Dal am anderen Morgen erwacht, befindet sich außer ihm nur noch Yannis im Zimmer. Den lockenköpfigen Cousin von Tabby hat Dal als einen ruhigen, höflichen Burschen mit äußerst guten Manieren kennen gelernt. Er mag ihn und hat ihm das gestern auch gezeigt. Es würde ihn freuen, wenn sie Freunde werden könnten.

Die anderen sind bereits am Pool, aber auch erst seit ein paar Minuten, erfährt Dal von ihm. Er reibt sich die Augen, schlüpft rasch in seine Kleider und geht mit Yannis nach draußen. Die Hitze, die ihnen entgegenprallt, ist für diese frühe Tageszeit unangenehm hoch und nur schwer erträglich. Schon jetzt freut sich Dal auf ein Bad im Pool.

Amber und die anderen empfangen die beiden mit Witzeleien über ihre Langschläferei. Mit breitem Grinsen geht Dal darüber hinweg. Obwohl er gestern für seine Verhältnisse ungewöhnlich viel gegessen hat, knurrt ihm beim Anblick der Reste des Buffets jetzt schon wieder der Magen. Auf dem Gartentisch, an dem sie sitzen, ist reichlich Essen angerichtet: Fleisch, Gemüse, Obst und Brot. Dal lässt sich nicht lange bitten und greift ungeniert zu.

Wie die anderen kann er das Ende des Frühstücks kaum erwarten. Unerbittlich scheint die Sonne auf sie herab. Entsprechend zäh verläuft während des Essens die Unterhaltung. Alle haben ausgezeichnet geschlafen, sind aber dennoch reif für ein erfrischendes Bad. Als es schließlich so weit ist, stellen sie sich in ihren Badesachen an den Beckenrand und springen auf Beckys Kommando gleichzeitig in den Pool.

Herrlich! Dal genießt die Abkühlung, auch wenn

das Wasser nicht besonders kalt ist. Mit offenen Augen taucht er im Becken herum und stupst jeden Körper an, dem er begegnet. Brock kann er an den dunklen Borsten erkennen, die an dessen Unterschenkeln sprießen. *Kein schöner Anblick! Die Lange im grünen Bikini muss Tabby sein. Ja. Und das mit der Chlorbrille? Ah, Becky. Der quietschgelbe Badeanzug? Ah, Amber!* Er taucht unter ihren Körper hinab und zieht sie am Fuß unter die Wasseroberfläche. Strampelnd entwindet sie sich ihm, umhüllt von einem Mantel aus Abertausend graublauen Luftperlen. Nach seinem gelungenen Anschlag lässt Dal sich in aller Gemächlichkeit an die Oberfläche tragen, atmet ein und zieht zur Entspannung auf dem Rücken ein paar Bahnen.

Als Letzter verlässt er schließlich den Pool und folgt den anderen zu den Liegestühlen. „Das hat Spaß gemacht!“, wendet er sich an Amber und lässt sich genüsslich auf eine Liege sinken.

„Das warst doch du, der mich nach unten gezogen hat?“, erkundigt sie sich.

Er gibt ihr Lächeln zurück und nickt bestätigend. Dann schließt er die Augen und widmet sich konzentriert dem prickelnden Trocknen seiner Haut.

Beinahe wäre er eingeschlafen. Doch gerade hat Beckys Mutter nach ihnen gerufen. Ihr Tonfall war so alarmierend, dass Dal hochgeschreckt ist und die

Augen aufgerissen hat. Als sie jetzt vor ihnen steht, sieht er ihr auf den ersten Blick an, dass etwas Schlimmes passiert sein muss.

„Kinder, gerade kam es in den Nachrichten!“, meldet sie schluchzend. „Ein Virus ist ausgebrochen, denkt nur! Es ist schon weltweit verbreitet und …“ Die Stimme versagt ihr. Voller Bestürzung starrt sie Dal und die anderen an. „Sie sagen, es gibt keine Rettung!“

Verwirrt schauen sie einander an. Es ist Yannis, der sich am schnellsten gefasst hat. „Ein Virus?“, hakt er nach. „Was soll das heißen?“

„Der Präsident hat eine Ansprache gehalten“, erfährt er von ihr. „Sie wurde auf allen Kanälen ausgestrahlt, auch im Radio. Becky, mein Kleines, wir müssen alle sterben!“ Aufschluchzend wirft sie sich ihrer Tochter in die Arme.

Brock schüttelt ungehalten den Kopf. „Unsinn!“, meint er wegwerfend. „Da wollen sich wahrscheinlich nur ein paar Idioten einen Scherz mit uns machen!“

Beckys Mutter richtet sich auf und schaut ihn mit verweinten Augen an. „Nein, niemand will sich einen Scherz mit uns machen!“, sagt sie, und auf einmal ist ihre Stimme auffällig hart. „Mein Mann hat mit Verwandten in der Schweiz telefoniert. Die haben die Meldung bestätigt. Wir sind schon alle infiziert, alle! Sie haben aber kein Gegenmittel, nirgends auf der Welt. Es ist aus! Aus und vorbei!“

Überfordert

Amber liegt in ihrem Zimmer auf dem Bett und starrt zum Ventilator an der Decke hinauf, dessen Blätter sich mit einem surrenden, einschläfernden Geräusch drehen. Trotzdem ist sie hellwach. Tausend Gedanken gehen ihr im Kopf herum, von denen die meisten sie traurig stimmen.

Die Bedrohung ist real, das weiß sie jetzt. Bei Becky hat sie sich die Fernsehmeldungen angesehen. Dennoch bezweifelt sie insgeheim noch immer, dass in den Nachrichten tatsächlich die Wahrheit gesagt worden ist. Noch in diesem Augenblick weigert sich etwas in ihr, das Unglaubliche zu glauben. Sie will es nicht als wahr akzeptieren, weil diese Wahrheit einfach zu schrecklich ist. Dabei ist der gestrige Abend so schön gewesen! Wer hätte gedacht, dass der Morgen auf so einschneidende Weise ernüchternd sein würde? Noch als sie miteinander im Pool schwammen, war die Welt in Ordnung. Jetzt ist sie es nicht mehr.

Nach eiligem Aufbruch ist sie wie ihre Freundinnen und Freunde in tiefster Bestürzung nach Hause geeilt. Sie hatte nur noch einen Gedanken: so schnell wie möglich bei ihrer Familie zu sein. In ihrem Kopf herrschte ein heilloses Durcheinander. *Wissen sie's schon? Was halten sie davon? Wie reagieren sie darauf? Das kann doch alles nicht stimmen!* Durch den Schleier ihrer Tränen hindurch konnte sie kaum etwas sehen, so hemmungslos musste sie auf dem Heimweg weinen.

Bevor sie sich ein Herz fasste und ins Haus ging, wartete sie, bis die Tränen versiegt waren. Sie wollte nicht, dass ihre Eltern sie so aufgelöst sahen. Schließlich war sie sich ihrer Pflicht bewusst, Jim und Lucy liebevoll und tatkräftig zur Seite zu stehen – gerade jetzt. Nachdem sie sich dann mit ihren Eltern und Solaris unterhalten hatte, ist es ihr mit dieser Aufgabe nach wie vor sehr ernst. Allerdings liegen ihr die Spannungen innerhalb der Familie, die bei dem Gespräch auftraten, schwer auf der Seele.

Deshalb hat sie sich in ihr Zimmer zurückgezogen. Sie will für sich klären, was geschehen ist – und was in der nächsten Zeit geschehen muss. In den Meldungen hieß es, nahezu die gesamte Menschheit sei bereits von dem Virus infiziert. Gleichzeitig wurde aber ausdrücklich betont, dass das Leben älterer Menschen bedrohter sei als das von jüngeren. Aus diesem Grund hat Amber für die abwartende, beinahe ignorante Haltung ihrer Eltern kein Verständnis. Sie meinen allen Ernstes, vor dem Virus sicher zu sein, weil sie in einem beschaulichen, sauberen Vorort wohnen. Diese Ansicht hält Amber jedoch für gefährlich und hat ihnen das auch unmissverständlich deutlich gemacht.

In Gedanken geht sie das unselige Gespräch von vorhin noch einmal durch und spult die einzelnen Szenen noch einmal vor ihrem geistigen Auge ab:

Sie sitzen am Wohnzimmertisch, in derselben Sitzordnung wie bei Dals Besuch. Nur ist heute niemand zu Scherzen aufgelegt. Im Gegenteil! Die Unterhaltung nimmt eine ungute Richtung, als Solaris erklärt: „Es wäre am besten, wenn wir alle mit dem Boot aufs Meer hinausfahren. Denn nur wo keine Menschen sind, kann man nicht angesteckt werden."

„Und wenn das Virus auch durch die Luft übertragen wird, was dann?", fragt Jim.

Bedrückt schweigen sie alle.

„Du hast Recht, Jim", sagt Lucy schließlich. „Wir wissen nicht, was wirklich los ist. Aber für mich ist dieses Haus in diesem Vorort Bellevue Heights der sicherste Ort, den ich mir auf der Welt vorstellen kann! Mich jedenfalls bringen keine zehn Pferde von hier weg!"

„Niemand will dich hier verjagen!", versucht Jim

sie zu beruhigen. „Nur, wir müssen die Möglichkeiten durchspielen, die wir haben. Wenn es anderswo sicherer ist, wären wir dumm, wenn wir hier bleiben würden. Andererseits stimme ich dir natürlich voll und ganz zu. Auch ich will hier nicht weg!"

„Aber darum geht es doch gar nicht!", mischt Amber sich ein. „Meiner Ansicht nach müssen wir damit rechnen, dass uns das Virus schon erwischt hat. Also bringt eine Flucht nichts. Dazu ist es mit ziemlicher Sicherheit zu spät!"

„Unsinn!", verwahrt sich ihr Vater dagegen. „Ich jedenfalls fühle mich prächtig! Und hier, schaut her!"

Er krempelt die Ärmel hoch und zeigt seinen ansehnlichen Bizeps. Das macht er häufig, wenn er für gute Stimmung sorgen will. Amber versteht ihren Vater durchaus. Er möchte sie in der gewohnten Sicherheit wiegen, solange auch nur die kleinste Chance für sie besteht, heil davonzukommen. Ob er jedoch den Ernst der Lage wirklich erkannt hat, kann sie nicht sagen. Sein Gesicht jedenfalls wirkt im Moment heiter und undurchdringlich zugleich.

„Lass doch, Jim!", verbietet sich Lucy sein Posieren. „Die Kinder sind beinahe erwachsen. Du musst sie nicht behandeln wie Dreijährige! Ich finde es gut und richtig, ich finde es sogar notwendig, dass wir über diese schreckliche Situation reden. Aber hier weggehen werde ich nicht. Nichts zu machen!"

Die sture Eigenwilligkeit ihrer Stiefmutter geht Amber auf die Nerven. Seit Solaris von Flucht gesprochen hat, scheinen ohnehin alle kopflos geworden zu sein. Will denn weder sie noch Jim noch Lucy begreifen, wie die Dinge wirklich liegen?

Amber breitet die Arme aus, um ihrer Meinung Nachdruck zu verleihen, und sagt: „Der Nachrichtensprecher hat es doch klar und deutlich gesagt. Das Virus ist über den ganzen Globus verbreitet! Also müssten wir schon auf den Mond fliegen, um sicher zu sein! Dass das nicht drin ist, seht ihr hoffentlich ein. Wenn wir aber hier bleiben, werden wir angesteckt – falls wir's nicht schon sind. *Darüber* sollten wir reden!"

„Es ist ungeheuerlich!", klagt Lucy und schüttelt missbilligend den Kopf.

Amber hat in diesem Moment den Eindruck, ihre Stiefmutter fühlt sich vom Ausbruch des Virus geradezu persönlich beleidigt. Diese Haltung kommt ihr so unvernünftig vor, dass sie aufbraust: „Ja, es *ist* ungeheuerlich! Wisst ihr denn nicht mehr, wie es war, als Mom starb? Genau dasselbe kommt jetzt wieder auf uns zu! Kapiert ihr das denn nicht?"

Die gesamte Lage hat ihr dermaßen zugesetzt, dass sie von einem krampfartigen Schluchzen geschüttelt wird. Auch Lucy beginnt leise zu weinen, während Jim sich weiterhin keine Erschütterung anmerken lässt. Trotz ihrer Tränen registriert Amber seinen nach wie vor gelassenen Gesichtsausdruck.

„Lasst uns vorher abhauen!", sagt Solaris ins Schweigen hinein.

Ihre Worte kommen Amber völlig absurd vor. Wut über so viel Unverständnis kriecht in ihr hoch.

„Du bist doch schon längst abgehauen!", jammert Lucy plötzlich aufgebracht. „Du hast hier im Haus ein wunderschönes Zimmer. Aber nein, du musstest ja unbedingt in die Garagenwohnung ziehen! Am liebsten wärst du ganz gegangen, gib's zu! Ich weiß ganz genau, dass du mich nicht lieb hast! Du hast es mich oft genug spüren lassen!"

„Was soll denn das jetzt?", versucht Jim zu schlichten. Aber er dringt nicht durch.

„Ich will, dass du es jetzt zugibst, auf der Stelle!", ruft Lucy außer sich vor Zorn. „Ich rackere mich ab, ich sorge wie eine Mutter für dich – und was machst du? Du zeigst mir die kalte Schulter und ziehst in die Garagenwohnung! Ist das etwa fair? Oh, nein, das ist nicht fair! Gemein ist das! Unendlich gemein!" Sie sinkt in sich zusammen und beginnt herzzerreißend zu weinen.

Solaris schaut mit hilflosem Kopfschütteln auf sie nieder. Dann erst blickt sie Jim an, der den Arm um Lucy legt, ihr den Rücken streichelt und tröstend auf sie einspricht. Daraufhin wendet sie sich mit fragender Miene an ihre Schwester.

Da Amber jedoch zum Ausdruck bringt, dass Lucy sie in diesem Moment dringender braucht als ihre Schwester, steht Solaris auf und zieht sich beleidigt in ihre Wohnung zurück.

Wie hat es bloß zu diesem Streit kommen können?, fragt sich Amber bedrückt und gibt sich sofort die Antwort, die ihr gerade als die einzig einleuchtende eingefallen ist: *Die Nachricht hat uns alle überfordert. Kein Wunder!*

Sie seufzt auf und verlässt, einem spontanen Impuls folgend, ihr Bett. Aus ihrem begehbaren Schrank holt sie sich frische Wäsche, da sie den engen Badeanzug loswerden will. Als sie die neuen Kleider angezogen hat, betrachtet sie sich vor dem Spiegel und lächelt sich zufrieden zu. *Jeansjacke, marineblaues Krepppröckchen, die neuen orangefarbenen Sandalen. Okay!*

Durch die Tür ihres kleinen Apartments verlässt sie das Haus, ohne von ihren Eltern gesehen zu werden. Sie hat keine Lust, jetzt ausgerechnet mit ihnen zu reden. *Mit Solaris dagegen schon!* Sie steigt die Treppe zur Wohnung ihrer Schwester hinauf und klopft an die Tür. *Nichts zu hören. Sie ist vielleicht in die Stadt gegangen oder will einfach ihre Ruhe haben.*

Doch Amber hat das dringende Bedürfnis, sich mit jemandem auszusprechen.

Warum ihr ausgerechnet Dal einfällt, weiß sie nicht. Aber sie spürt sofort, dass er der richtige Gesprächspartner sein wird. Ohne sich lange zu besinnen, macht sie sich auf den Weg zu seiner Residenz.

Allein und gemeinsam

Dals Eltern waren nicht da, als er von Becky heimkam. Auch telefonisch konnte er sie nicht erreichen. Seine Enttäuschung darüber, nicht mit ihnen reden zu können, hält sich jedoch in Grenzen. Er hat sich daran gewöhnt, sie manchmal sogar tagelang nicht zu sehen. Ihre Arbeit lässt ein geregeltes Familienleben einfach nicht zu. Deshalb hat er gelernt, ohne sie auszukommen. Früh schon hat er die Erfahrung gemacht, was es heißt, allein zu sein.

Seine Residenz ist dann der ideale Rückzugsort. In der Villa drüben würde ihm vielleicht die Decke auf den Kopf fallen. Hier nicht. Hier ist das unliebsame Gefühl des Alleinseins, das ihn im Haus manchmal befällt, nur selten in Einsamkeit umgeschlagen. Die Residenz ist der einzige Ort, an dem er die häufige Abwesenheit seiner Eltern einigermaßen ertragen kann. Gerade in der jetzigen Situation ist er froh, hier Schutz vor allen Einflüssen zu finden, die störend sein könnten. Dennoch spürt er, wie er tief innen traurig ist.

Da er genau weiß, was die Stunde geschlagen hat, läuft das Radio seit einer Weile nicht mehr. Stattdessen hört er seine Lieblings-CD und schaut aus dem Fenster. Es ist das einzige Fenster, das sein Baumhaus aufzuweisen hat. Als sich da unter den Bäumen der Allee etwas bewegt, wird er aufmerksam. Er sieht genauer hin und erkennt, dass es Amber ist. Während sie auf ihn zuschlendert, winkt er ihr erfreut entgegen.

Nachdem er die Strickleiter wieder hochgezogen hat, die er ihr hinuntergelassen hatte, bietet er ihr den Stuhl an. Dal setzt sich auf die Seemannskiste, in der er allerlei Krimskrams aufbewahrt. Alles Dinge, an denen er aus den verschiedensten Gründen hängt. Da Amber außer Sheela die Einzige ist, die seine Residenz kennt, ist es heute das erste Mal, dass er auf der Kiste Platz nehmen muss. Für Amber nimmt er diese kleine Entweihung jedoch gerne in Kauf.

„Und?“, fragt sie gedehnt. „Wie geht's?“

Wortlos zuckt er die Achseln. Wenn er alles richtig bedenkt, bleibt ihm kaum etwas anderes übrig als dieses Schulterzucken. Was hätte er antworten sollen? Auf keinen Fall will er Amber mit der Niedergeschlagenheit belasten, die ihn beschlichen hat, seit die Villa von ihm leer angetroffen worden ist.

„Bei mir zu Hause ist dicke Luft“, fährt sie fort. „Ich

musste einfach raus! Na ja, und jetzt bin ich hier. Hoffentlich störe ich dich nicht."

Er winkt ab. „Überhaupt nicht!"

„Gut. Das ist wirklich gut." Sie macht eine Pause und seufzt. „Du kannst dir nicht vorstellen, was das für ein Theater war bei mir daheim! Ich glaube, ich bin die Einzige, die einen klaren Kopf behalten hat."

„Tja, du bist eben ein Genie!", wirft er scherzhaft ein.

Amber lächelt kurz auf und setzt dann in bedrücktem Ton hinzu: „Meine Eltern tun fast so, als wäre alles in bester Ordnung. Die scheinen echt nicht zu begreifen, was los ist! Und Solaris zickt nur dumm herum ..." Sie bricht ab und schaut nachdenklich zu Boden. Wie es scheint, sucht sie eine Erklärung für das Verhalten der anderen. Langsam schüttelt sie den Kopf, als wollte sie sagen, es sei alles umsonst. „Verstehst *du* das?", fährt sie fort. „Die Welt versinkt im Chaos, aber Lucy ... Ach, es ist so ... *übel*!"

Dal sieht, wie Amber Tränen in die Augen steigen. Vorsichtig berührt er sie mit seiner Hand. Da sie ihren Arm nicht zurückzieht, wagt er es, ihn tröstend zu drücken. Er spürt, dass ihm selbst diese Berührung gut tut, und lässt seine Hand auf ihrem Arm liegen.

Was sie mit dem etwas eigenartigen Wort, das sie benutzt hat, zum Ausdruck bringen will, ist ihm auf der Stelle klar gewesen: Was geschehen ist, kann sie nicht verkraften. Ihm geht es ganz genauso. Die Situation überfordert auch ihn. Jedes andere Wort dafür wäre genauso passend oder unpassend gewesen. Und doch liegt in diesem kleinen Wörtchen *übel* der ganze Schmerz, den auch er empfindet.

Ausgerechnet jetzt, obwohl Amber neben ihm sitzt, kriecht ihm das Bewusstsein seiner Einsamkeit unter die Haut und schnürt ihm die Kehle zu. Auch ihm quellen auf einmal Tränen aus den Augen.

Minutenlang weinen sie, jeder für sich; und doch ist Dal von dem Gefühl überwältigt, *mit* Amber zu weinen und nicht nur für sich alleine.

Später steht Dal in seiner Kochnische und macht eine Dosensuppe warm. Da die Musik zu Ende gegangen ist, hat er Amber gebeten, eine CD ihrer Wahl einzulegen. Während sie seine Sammlung durchgeht, fällt ihm auf, welchen Heißhunger er hat. Seit dem Frühstück am Pool sind immerhin fünf Stunden vergangen. Da auch Amber bisher noch nichts gegessen hat, ist ihr sein Angebot, Suppe zu kochen, sehr willkommen. Mit diesem Vorschlag hat er es auf schonende Art verstanden, sie beide aus ihrer Traurigkeit herauszulösen.

Amber hat sich für die spanische Gitarrenmusik entschieden, die sie sich vor ein paar Tagen in

Solaris' Wohnung anhörten. Noch am selben Nachmittag besorgte Dal sich die CD. Er hat sie oft gehört, denn die Musik passt wunderbar zu einem heißen Sommer wie diesem. Heute allerdings hat die Temperatur jedes erträgliche Maß überschritten. Zu der von draußen hereindringenden Hitze kommt auch noch die Abstrahlung des Gaskochers. Die Luft im Baumhaus ist zum Schneiden dick und steht so reglos im Raum, dass sämtliche Staubkörner in den durchs Fenster einbrechenden Lichtfächern ihr Flimmern längst eingestellt haben.

Die Oberfläche der Tomatencreme wirft eine erste Blase, Dal schaltet den Gaskocher ab. Nachdem er die Suppe in zwei Teller geschöpft und etwas Brot dazu heruntergeschnitten hat, beginnen sie schweigend zu essen.

„Und wie haben deine Eltern reagiert?", erkundigt sich Amber schließlich.

„Weiß nicht", antwortet Dal. „Ich habe sie noch nicht gesehen."

Amber blickt ihn erstaunt an. „Sind sie in der Klinik?"

„Wahrscheinlich. Aber ich habe sie dort nicht erreicht."

„Hm", überlegt sie. „Vielleicht sind sie abgezogen worden, um Infizierte zu untersuchen. Oder sie forschen nach einem Gegenmittel. Es ist klar, dass Ärzte jetzt keine Zeit haben. Du musst dich also nicht grämen."

„Wie ich sie kenne, sind sie an vorderster Front. Ja, wirklich, ich mache jede Wette, dass sie genau jetzt über ihren Mikroskopen hängen und beobachten, was das Virus so alles treibt!" Er bringt dies in scherzhaftem Ton vor, um sich über seine Enttäuschung hinwegzutrösten. Gleichzeitig bemächtigt sich seiner ein tiefer Ernst, denn während er diese Bemerkung macht, wird ihm schlagartig klar, wie gefährdet seine Eltern sind.

„Das ist im Moment die wichtigste Arbeit, die es gibt!", urteilt Amber nickend. „Hoffentlich haben sie Erfolg!"

„Sie sind Forscher, weißt du", erklärt er, „und behandeln nur besondere Fälle. Patienten, meine ich. Jedenfalls bisher. Durch die Epidemie dürfte sich ihr Arbeitsbereich aber ziemlich geändert haben." Ein kurzer Blick in Ambers Gesicht zeigt ihm, dass sie die Bitterkeit nicht überhört hat, die in seinen Worten liegt. Um diesen Eindruck zu verwischen, setzt er eilig hinzu: „Jedenfalls sind die Krabbelmonster bei ihnen in guten Händen!"

Amber lacht über diesen Ausdruck. „Hoffentlich schaffen sie es, die Viecher abzumurksen!"

Auch Dal muss schmunzeln. Dann sagt er nachdenklich: „Im Radio kam vorhin, dass kein Gegenmittel in Sicht ist. Ich begreife das nicht! Weißt du, man kann zum Mond fliegen, man kann herausfinden, an welcher Pilzkrankheit ein Mammut gestorben ist und was weiß ich. Aber ausgerechnet gegen dieses Virus hat man bisher nichts gefunden. Ist das nicht merkwürdig?"

„Ein Skandal!", bestätigt sie scharf. „Die wissen noch nicht einmal, wo es herkommt. Es kann von einem Asteroiden eingeschleppt oder in einem Labor gezüchtet und irgendwie rausgelassen worden sein. Niemand weiß etwas Genaues."

„Und wenn, dann sagen sie es nicht!", setzt er empört hinzu. „Oder glaubst du, die würden es zugeben, wenn sie es selbst fabriziert haben?"

Amber schüttelt mit Nachdruck den Kopf. „Nie und nimmer! Ehrlich, ich bin mir sicher, dass wir angelogen werden. Die Epidemie, ja, die gibt es; sonst wäre alles Panikmache wegen nichts, und das glaube ich nicht. Aber die Hintergründe ... Ich bin mir absolut sicher, dass wir nur tröpfchenweise über alles informiert werden."

„Wenn überhaupt! Aber vielleicht wissen meine Eltern mehr ..."

„Bestimmt! Frag sie, ja? Frag sie richtig aus! Und versprich mir, dass du's mir weitererzählst!"

Über ihren Eifer muss Dal grinsen. „Klar! Versprochen!"

Auf einmal hat sich seine Niedergeschlagenheit verflüchtigt. Der Stolz auf seine Eltern und ihre Arbeit ist plötzlich stärker als das Gefühl des Alleingelassenseins. Er glaubt nun fest daran, dass die Bemühungen seiner Eltern die Epidemie stoppen werden, und klammert sich mit neuer Zuversicht an diese Hoffnung.

Panik

Amber zittert am ganzen Körper. Hysterisch ruft sie im Haus nach Jim und Lucy, reißt Tür um Tür auf, sucht alles ab. Doch die Eltern sind nirgends zu finden.

Sie ist völlig verzweifelt. Was sie gerade in der Schule erlebt hat, muss sie sich unbedingt von der Seele reden. Sonst machen die schrecklichen Bilder, von denen sie gepeinigt wird, sie noch wahnsinnig. *Warum ist ausgerechnet jetzt niemand da? Das gibt's doch gar nicht!*

Auch Solaris ist außer Haus, die Garagenwohnung verlassen. Amber blickt auf die Uhr. Ihre Schwester müsste bald kommen. Heute ist einer der Nachmittage, an denen sie für gewöhnlich babysitten muss. Hätte sie Schule gehabt, wäre sie garantiert in die Panik mitverwickelt worden.

Amber weiß nur zu gut, dass sie nur knapp einer Verletzung oder gar Schlimmerem entgangen ist. Andere hatten nicht so viel Glück. Bedrängt von dem, was sie miterleben musste, überfährt sie ein neuer Schauer des Entsetzens. Ernie Tabell wollte sie wegstoßen und kam dabei selbst zu Fall. Ohne jede Rücksicht trampelte eine nicht enden wollende Zahl von Schülern über ihn hinweg. Ist er tot? Obwohl er sie mit voller Absicht in Lebensgefahr gebracht hat, hofft sie inbrünstig, dass er noch am Leben ist.

Während sie auf Solaris wartet, wird sie etwas ruhiger, auch wenn der Strom der grauenvollen Bilder nicht abreißt. Immer wieder fragt sie sich, wie das alles geschehen konnte. Wahrscheinlich war es nur eine unbedeutende Kleinigkeit, die das Fass zum Überlaufen brachte. Vielleicht eines der Bilder aus dem Film, den sie zusammen ansahen. Vielleicht eine einzige, unbedachte Reaktion eines Schülers. Vielleicht auch nur die nach wie vor drückende Hitze ...

An diesem Nachmittag sind sämtliche Schüler von der Schulleitung in die Aula befohlen worden. Das hat es zuvor noch nie gegeben. Über die außergewöhnliche Maßnahme sind sofort Gerüchte aufgekommen. Es ist gemunkelt worden, sie bekämen einen Film gezeigt. Als Amber die Aula betritt, scheint sich ihre Vermutung zu bestätigen. Denn auf der Bühne, auf der sie vor wenigen Tagen ihren Preis entgegennahm, ist eine Leinwand aufgebaut. In der

Nähe des Projektors, mitten im Saal, nehmen Amber und ihre Klassenkameraden Platz.

Rektor Parker spricht einführende Worte. Es soll tatsächlich ein Film vorgeführt werden, eine Dokumentation über das Virus und seine Wirkung auf die Angesteckten. Neben dem Direx stehen vier Personen, alles Erwachsene. Er stellt sie den Schülern als vom Virus Infizierte vor. Nach dem Film sollen sie auf Fragen der Schüler antworten. Er bittet darum, sich alles genau anzusehen, auch wenn manche Filmszenen ziemlich hart seien. Daraufhin geht auf sein Zeichen das Licht im Saal aus. Der Projektor beginnt zu surren, die Leinwand belebt sich.

Anfangs prägt Amber sich noch jedes der schauerlichen Details ein, die der Film darstellt. Mit jeder Minute wächst in ihr die Gewissheit, dass der Kampf gegen die Seuche hoffnungslos ist. Als Sterbende gezeigt werden, kann sie nicht mehr hinschauen. Das Grauen, das bislang lediglich als dunkel drohende Wolke über allen geschwebt hat, ist plötzlich etwas Reales geworden. Sie begreift, dass es früher oder später auch sie erreichen wird.

In den vorderen Reihen, in denen die jüngeren Klassen sitzen, ist es unruhig geworden. Wenn sie die Geräusche richtig deutet, müssen sich einige der Schüler übergeben. Andere weinen. Stimmengewirr. Auf einmal geht das Saallicht an, eine Menge Sanitäter mit Bahren werden sichtbar. Die Vorführung wird gestoppt. Amber verfolgt bestürzt, wie einige offenbar ohnmächtig gewordene Schüler von den Sanitätern abtransportiert werden. Dann geht alles blitzschnell.

Es muss hinter Amber begonnen haben, in den Reihen, in denen die Älteren sitzen. Dort ist Geschrei aufgekommen, ein Lärm, der innerhalb kürzester Zeit die ganze Aula erfasst und zu einem ohrenbetäubenden Dröhnen anwächst. Hilferufe, Schmerzensschreie, Aufforderungen, die Ruhe zu bewahren, alles geht durcheinander. Nur der vielstimmige, hysterische Ruf „Rettet euch vor den Infizierten!" setzt sich durch.

Aus Angst, in die Tumulte hineingezogen zu werden, steigt Amber auf ihren Stuhl. Von ihrer erhöhten Position aus kann sie das Geschehen überblicken. Was sich ihr darbietet, das ist das totale Chaos.

Am Ausgang hat sich eine Traube aus nach draußen drängenden, aber nicht vorankommenden Schülern gebildet. Der Ansturm ist zu gewaltig für den schmalen Durchlass. Immer mehr strömen hinzu, drücken gegen die Vorderleute, reißen andere achtlos zur Seite, wollen mit aller Macht hinaus. Gegenüber, am noch engeren Notausgang, liefern sich einige Schüler eine regelrechte Schlacht. Stühle fliegen durch die Aula, in den Sitzreihen klettern Schüler über andere Schüler hinweg, werden zu Boden gerissen, kämpfen sich wieder hoch, stürzen erneut. Alle drängen in Panik nach draußen, und so sind sich alle im Weg.

Amber ist völlig fassungslos und zittert am ganzen Leib. Von der Angst um ihr Leben gepackt, lässt sie sich von dem Strom, der nun auch ihre Reihe ergriffen hat, in Richtung Ausgang tragen. Es ist nicht die Angst, von den Infizierten angesteckt zu werden. Längst ist ihr klar, dass jeder dem Virus schutzlos ausgeliefert ist. Aber sie spürt, wie gefährlich es wäre, sich in diesem bedrohlichen Moment gegen das panische Gedränge zu wehren. So treibt sie ohne ihr Zutun dem Ausgang entgegen.

Als sie ihn schließlich erreicht hat, wird sie von jemandem umgerissen. Sie erkennt in ihrem Angreifer Ernie Tabell. Hastig rappelt sie sich wieder auf. *Nur nicht unter die Füße der Mitschüler kommen!* Durch die Wucht seiner Attacke stürzt Ernie zu Boden. Amber registriert noch, dass er unter den augenblicklich auf ihn einprasselnden Tritten aufheult. Dann wird sie von einer Woge aus ineinander verkeilten Leibern nach draußen gespült.

Sie ist nachhaltig geschockt. Erst auf dem Nachhauseweg wird ihr wirklich bewusst, dass sie gerade eine Massenpanik miterlebt hat. Die Einsicht, sie nur um Haaresbreite überlebt zu haben, lässt sie erschaudern.

Dal ist völlig entgeistert, als Amber ihm erzählt, was sich in der Schule zugetragen hat. An diesem Nachmittag hat er frei und ist zu ihr gekommen, weil er mit ihr an den Strand fahren wollte – zum Baden. Doch davon kann jetzt keine Rede mehr sein.

Kurz nachdem Amber ihren Bericht beendet hat, erscheint Solaris. Sie ist von den schrecklichen Neuigkeiten ebenso erschüttert wie Dal. Nun beratschlagen sie darüber, wie sie auf die Situation reagieren sollen.

Solaris wartet mit einem überraschenden Entschluss auf. „Ich war im Pharao Center", sagt sie. „Übrigens habe ich auch deine Eltern gesprochen, Dal. Tolle Leute! Sie schuften Tag und Nacht an einem Gegenmittel. Du sollst dir keine Sorgen machen, lassen sie ausrichten. Wie lange sie noch dort bleiben, konnten sie mir nicht sagen. Aber jedenfalls haben sie mich in dem bestärkt, was ich machen will. Aber das war gar nicht nötig. Auch diese Panik ändert daran nichts. Ich habe es mir lange überlegt, und jetzt steht es fest: Ich werde den Kranken helfen!"

Amber starrt sie erschrocken an. „Aber du bist doch gar nicht ausgebildet dafür!"

„Das ist nicht der Punkt", erklärt sie ruhig. „Ich werde Schmerzmittel verabreichen müssen. Das kann ich lernen. Mehr kann man für die Infizierten medizinisch leider nicht tun. Es geht einfach nur darum, ihnen beim Sterben beizustehen – und dafür gibt es nun einmal keine Ausbildung!"

„Willst du das wirklich auf dich nehmen?", fragt Dal scheu. „Das ist doch bestimmt brutal hart! Ich jedenfalls könnte das nicht!"

Solaris schüttelt entschieden verneinend den Kopf. „Wenn es so weit ist, *wirst* du es können! Es muss sein, versteht ihr? Es geht eben nicht anders."

Amber schaut Dal an, der ihrem Blick verlegen ausweicht. Solaris' Vorhaben schüchtert offenbar auch ihn ein. Dennoch ist Amber eine Sekunde lang versucht gewesen, ihre Schwester zu begleiten. *Bestimmt hat sie Recht mit dem, was sie gesagt hat. Trotzdem, etwas Entscheidendes hat sie nicht bedacht!* „Und Jim und Lucy?", fragt sie vorsichtig. „Ihnen willst du nicht helfen?"

Die Schwester zögert und wiegt nachdenklich den Kopf. „Glaub mir, Amber, ich habe mir das alles wirklich gut überlegt. Sie sind noch nicht krank und brauchen mich also noch nicht. Wir bleiben in Kontakt, und wenn sie die ersten Symptome zeigen, komme ich zurück ... wenn ich kann ..."

Wie ruhig sie ist! Anscheinend hat sie ihren Platz in der Welt gefunden ... Nach kurzem Überlegen erwidert Amber: „Ich kenne dich. Wenn du dir etwas in den Kopf gesetzt hast, ziehst du's auch durch." Sie umarmt ihre Schwester und drückt sie mit überströmender Liebe. „Dann viel Glück, Solaris! Und du versprichst, dass du dich meldest, ja?"

„Mach ich!", entgegnet sie lächelnd und küsst Amber auf die Wange. „Und ihr? Was macht ihr?"

Dal zuckt die Achseln und meint traurig: „Weiß nicht."

Von ihren Gefühlen überwältigt kann Amber nur den Kopf schütteln. Auch sie hat keine Ahnung, was ihr die Zukunft bringen wird.

Der Stand der Dinge

Vom Fenster seiner Residenz aus ist durch das dichte Blätterdach der tiefblaue, wolkenlose Himmel nur in kleinen Ausschnitten zu sehen. Doch der makellose Anblick tröstet nicht. Ungebrochen lastet die Hitze auf der Stadt, schon seit Wochen weht kein Lüftchen. Deshalb haben sich neben der stetig steigenden Anzahl der Virusopfer auch die Meldungen über Todesfälle gehäuft, die eindeutig auf das Konto der unerbittlichen Witterung gehen.

Das gesamte öffentliche Leben scheint erstorben. Vor kurzem war hier oben im Baumhaus wenigstens noch ab und an der Motorenlärm von der großen Umgehungsstraße zu hören, die zwischen Bellevue Heights und den bewaldeten Hügeln verläuft. Doch seit die Lebensmittelläden leer gekauft sind, dringt nur noch selten ein Ton herauf. Zwischen den von Tag zu Tag spärlicher gewordenen Lautsprecheransagen des nahen S-Bahnhofs können Stunden vergehen, denn auch dort ist der Verkehr nahezu zum Erliegen gekommen. Wer nicht einen wirklich triftigen Grund hat, auf die Straße zu gehen, bleibt zu Hause. Die Straße gehört ohnehin mehr und mehr den Gangs.

Seit allgemein bekannt ist, dass die öffentlichen Organe die Ordnung nicht mehr aufrechterhalten können, ziehen plündernde und brandschatzende Horden umher. Sie bestehen zumeist aus Jugendlichen, stehen allerdings teilweise unter der Führung von Erwachsenen. Viele gesunde ältere Menschen gibt es jedoch nicht mehr, denn die meisten sind vom Virus infiziert. Jüngeren hingegen scheint es seltsamerweise tatsächlich wenig anhaben zu können. Angesteckt sind die meisten zwar ebenfalls, aber nur in ganz wenigen Fällen zeigen sich die üblichen Symptome wie Pusteln, Fieber und Erbrechen.

Es kann kaum noch eine hundertköpfige Schar sein, die in der Stadt darauf bedacht ist, die Regierungsgeschäfte wenigstens dem Schein nach weiter zu führen. Doch ihr Einfluss reicht nicht über das Stadtzentrum hinaus. Ihre Verordnungen werden missachtet und vom Großteil der Bevölkerung sogar verlacht. Wäre das im Zentrum gelegene Regierungsviertel nicht Tag und Nacht von Soldaten bewacht, würde es schon längst in Schutt und Asche liegen. Versuche, die Regierung einfach auszuräuchern, gab es bereits mehrere. Sie wurden allesamt von den Soldaten im Keim erstickt. Noch jedes Mal haben sie auf die Gewalt der Rebellen mit der Macht der Maschinengewehre geantwortet.

Wie viele Tote allein diese Kämpfe gefordert haben, weiß niemand. Sicher gehen sie in die Hunderte. Rechnet man mit, was etwa durch Straßenschlachten oder auch nur durch Nachbarschaftsfehden an Opfern zu verzeichnen ist, schnellen die Zahlen rapide hoch. Viele – wenn nicht sogar die meisten – Menschen haben durch die chaotische Situation jedes Maß verloren. Wer gestern noch als unbescholtener Bürger gegolten hat, kann sich über Nacht in einen eiskalten Mörder verwandelt haben. Die Farbe eines Garagentors kann genauso zu einer ohne jede Hemmung begangenen Bluttat führen wie der Streit um die letzte Büchse Thunfisch im Supermarkt. Jeder ist sich selbst der Nächste. Es regiert das Faustrecht.

In der Innenstadt brennt es überall. Stinkend qualmende Barrikaden sind zum Schutz gegen die Staatsmacht errichtet, die allerdings nicht nur täglich an Einfluss verliert, sondern deren Soldaten in der allgemeinen Unordnung auch immer mehr verkommen. Ihre verdreckten Uniformen jedenfalls sind sowohl auf der einen wie auf der anderen Seite der Barrikaden zu sehen. Doch wer gegen wen und für oder gegen welche Sache kämpft, ist nicht auszumachen. Ein Möchtegerngeneral löst den anderen ab, ohne dass irgendeine Gruppe die Oberhand gewinnen könnte. Dazu ist die Lage zu verzweifelt. Niemand weiß einen Ausweg.

Über der ganzen Stadt liegt süßlicher, klebriger Leichendunst. Mit dem Beerdigen oder Feuerbestatten allein der Virusopfer ist die Stadtverwaltung schon seit knapp zwei Wochen überfordert. Zunächst wurden die Verstorbenen in Gruppen verbrannt, wobei man anfangs wenigstens ihre Personalien aufbewahrte. Diese Massenverbrennungen erreichten jedoch rasch einen so großen Umfang, dass die Arbeiten in Rückstand gerieten. Da die Seuchengefahr sich nun schon allein durch die verwesenden Leichen drastisch erhöht hatte, beschränkte man sich darauf, die Verbrennungen gewissenhafter zu gestalten. Durch die dramatische Verknappung der Energiereserven – und somit auch des Brennstoffs – ging diese Maßnahme jedoch ins Leere.

Ohne es bisher eingestanden zu haben, ist die Verwaltung dazu übergegangen, Energie zu horten, vor allem Treibstoff. Infolgedessen werden Leichen nicht mehr verbrannt, sondern liegen gelassen, wo sie liegen. Aus beinahe jedem Haus dringt Verwesungsgeruch. Hinzu kommen die Opfer der Schlachten. Auch sie liegen überall herum, wo die Straßenkämpfe tobten. Über die immens gestiegene Gefahr durch Seuchen wie Pest, Cholera, Ruhr und Typhus wird die Bevölkerung nicht informiert. Jeder, der die Augen nicht vor der Wirklichkeit verschließt, weiß, dass die Staatsmacht am Ende ist.

Mit Informationen wird man nur noch durch Flugblätter versorgt, die zumeist von miteinander rivalisierenden Gruppen stammen – und deshalb wertlos sind. Sämtliche Zeitungen haben ihr Erscheinen eingestellt, die Fernsehkanäle schweigen. Ob das am Personalmangel durch die Infektion oder an Engpässen bei der Energieversorgung liegt, ist ungewiss. Einzig die verstreuten Piratensender des internationalen Radios halten den Sendebetrieb einigermaßen aufrecht, auch wenn ihre Meldungen mit Vorsicht zu genießen sind. Denn auch diese Sender sind der Gewalt diverser Splittergruppen unterworfen, und das weltweit. Über das Telefon allerdings war es längere Zeit möglich, sich durch Anrufe bei Freunden oder Verwandten ein Bild von der Weltlage zu machen. Doch seit fünf Tagen geht selbst das nicht mehr, denn die Leitungen werden für die wenigen noch arbeitenden offiziellen Stellen offen gehalten.

Vor genau neun Tagen haben die Schulen landesweit ihren Betrieb eingestellt. Rektor Parker, vom Virus sichtlich angegriffen, hielt in der Aula zum Abschied eine bewegende Rede. Danach brach er erschöpft zusammen. Es gab kaum einen Schüler, dem das nicht unter die Haut gegangen wäre. Trotzdem rannten die meisten danach unter befreitem Johlen zum Schultor hinaus.

Doch das alles wiegt nicht so schwer wie der Verlust, mit dem Dal fertig werden muss. Zwar weiß er, was jenseits seiner Residenz geschieht, doch es berührt ihn kaum mehr. Der Aufenthalt in der Villa ist ihm verleidet, zumal sie von umherziehenden Banden bedroht ist. Vor acht Tagen ist er ganz ins Baumhaus übergesiedelt. Denn als er an seinem letzten Schultag nach Hause kam, erreichte ihn die Nachricht vom Tod seiner Eltern. Beide waren innerhalb kürzester Zeit an den Folgen der Virusinfektion gestorben.

Im Dunkeln

Alles ist still. Niemand zu sehen. Trotzdem, Amber hätte schwören können, dass sich im Garten etwas geregt hat. Mit ihren Eltern und Dal, der wieder einmal zu Besuch ist, steht sie im Wohnzimmer am Fenster und richtet ihre Sinne ins abendliche Halbdunkel, das draußen herrscht.

„Da ist nichts", versucht Jim sie zu beruhigen. „Du wirst dich getäuscht haben."

„Pst!", zischt sie energisch, denn wieder ist ihr, als hätte sie ein Geräusch gehört. Aber – nichts. *Wahrscheinlich hat Daddy Recht.* Sie schließt den Spalt zwischen den Gardinen, durch den sie gelauscht hat, und wendet sich ihrer Familie zu. „Gut!", seufzt sie auf. „Scheint so, als wäre da wirklich niemand. Umso besser! Ich will nur nicht, dass uns dasselbe passiert wie den Becksteins!"

Bei ihren Nachbarn hat gestern in den Abendstunden eine Bande Jugendlicher eingebrochen und alles gestohlen, was nicht niet- und nagelfest war. Wenn die Becksteins in der Zeit des Einbruchs nicht zufällig den Inhalt ihres Weinkellers in der Stadt gegen Nahrungsmittel eingetauscht hätten – wer weiß, wie es ausgegangen wäre. Denn andere Plünderungen sind weit weniger glimpflich abgelaufen. Nicht nur in der Stadt, auch hier in Bellevue Heights hat es bei solchen Übergriffen schon Tote gegeben.

„Wir verstehen dich ja!“, springt ihr Lucy bei. „Aber du reagierst übersensibel, mein Kind! Wir sind hier doch sicher! Oder etwa nicht, Jim?“

Lucy wirkt seit einiger Zeit sehr angegriffen. Niemand kann begreifen, wie die Lage dermaßen aus den Fugen geraten konnte. Sie jedoch nimmt sich alles so sehr zu Herzen, dass sie wegen der geringsten Kleinigkeit weinen muss. Auch jetzt verbirgt sie ihr Gesicht hinter einem Taschentuch und beginnt zu schluchzen.

„Trotzdem kann es nichts schaden, auf alles vorbereitet zu sein!“, erklärt Jim. „Amber, hol doch bitte meine Golftasche. Sie steht in der Garage. Falls da draußen doch jemand ist, werden wir denen Beine machen!“

Amber nickt ihm dankbar zu und gehorcht. Wie er mit Lucy umgeht, hat Ambers volle Zustimmung. Sie hat Verstandnis dafür, dass er Lucy gegenüber mit der Wahrheit manchmal hinter dem Berg hält. Die Angst vor plündernden Banden ist keineswegs aus der Luft gegriffen, nicht nur heute Abend. Lucy jedoch ganz direkt damit zu konfrontieren, würde ihr ohnehin in letzter Zeit löchrig gewordenes Nervenkostüm womöglich überbeanspruchen. Der beinahe scherzhafte Ton, den Jim gerade in brenzlichen Situationen anschlägt, scheint Amber der einzig richtige zu sein. Sie versteht ganz genau, wie viel Sorge um seine Familie dahinter steckt. Nur Lucy lässt sich von diesem Ton in Sicherheit wiegen.

„Dal, wie wär's für dich mit dem Eisen 7?", fragt Jim, als Amber mit dem Golfbesteck zurückgekehrt ist. Er nimmt den stählernen Stock aus der Tasche, der in eine hervorragend als Keule geeignete Schlagfläche ausläuft, und drückt ihn Dal in die Hand. „Für mich das Holz 1", sagt er und greift sich das genannte Gerät, einen langen, biegsamen Schaft mit halbkugeligem Fortsatz. „Ich denke, für dich ist ein Wedge ideal, Amber." Er überreicht ihr einen Schläger mit einem scharfkantigen, keilförmigen Kopf. „Und du, Lucy, du bleibst am besten hier im Haus. Weißt du, was? Du könntest uns Eistee eingießen, bis wir wiederkommen. Ja? Wir wollen nachschauen, was da draußen los ist." Nach diesen Worten schaut er Dal an und fragt listig: „Hat jemand eine Ahnung, warum?"

„Weil Angriff die beste Verteidigung ist!", erwidert Dal prompt, dessen Mundwinkel sich zu einem breiten Grinsen formen.

„Korrekt!“, bestätigt Jim und lächelt ihm anerkennend zu.

Amber kennt das Spiel, das wieder einmal zwischen den beiden abläuft. *Männer!* Ihr Dad hält ziemlich viel von Dal und schanzt ihm oft und gerne Gelegenheiten zu, seine Klugheit aufblitzen zu lassen. Umgekehrt fühlt sich Dal in Jims Gegenwart offenbar ziemlich wohl. Seit dem Tod seiner Eltern hängt er verständlicherweise noch mehr an ihm. Auf die gute Beziehung der beiden ist Amber beinahe ein bisschen eifersüchtig, weil Dals Aufmerksamkeit nicht mehr allein ihr gilt. Andererseits freut es sie natürlich, dass Dal in den letzten Tagen sehr häufig hier ist. Vor allem an diesem Abend ist ihr seine Anwesenheit hoch willkommen. Zu dritt haben sie bessere Chancen gegen die Bande draußen – falls im Garten tatsächlich jemand ist.

„Seid ihr bereit?“, fragt Jim und zwinkert ihnen aufmunternd zu.

Zum Zeichen ihrer Entschlossenheit hält Amber ihren Schläger hoch, während Dal markig nickt.

„Dann los!“, sagt Jim und tritt, von ihnen gefolgt, an die Haustür. „Nichts zu hören“, raunt er ihnen zu. Vorsichtig, jedes Geräusch vermeidend, öffnet er sie. Dann stürzt er schreiend in den dunklen Garten hinaus. Amber kommt kaum nach, Dal ebenso wenig. Auch sie schreien, was ihre Lungen hergeben, und lassen über ihren Köpfen die Schläger kreisen.

„He, du! Bleib stehen!“, ruft Jim plötzlich vor ihnen. „Halt! Stehen bleiben! Wartet nur! Wenn ich euch erwische!“

„Verdammt, er hat uns gesehen!“

„Los, weg hier, schnell!“

Schlagartig ist der Garten voller Geräusche. *Also doch! Hinter den Rhododendren! Sie fliehen, hurra, sie fliehen!* Amber hört, wie fünf, sechs Fußpaare davoneilen. Mutig stürmt sie weiter. In der Taxushecke am Ende des Anwesens beginnt es zu rauschen, als hätte sie ein Wirbelsturm gepackt. Nur schemenhaft erkennt Amber ihren voranpreschenden Vater. Er schreit wie ein Wilder. Hinter sich hört sie Dal rennen. *Weiter, weiter!* Da bleibt Jim stehen. Rasch hat Amber zu ihm aufgeschlossen.

„Ihr Feiglinge! Lasst euch hier nie wieder blicken, sonst kriegt ihr es mit mir zu tun!“, ruft er in Richtung Hecke.

Amber sieht, wie sich durch deren Lücken mehrere Gestalten pressen. „Ist das nicht ...?“ Sie meint in einer der Fliehenden ihre Freundin Becky zu erkennen. Die Körpergröße, die Statur, die langen Haare – sie könnte es gewesen sein. Auch die Stimme, die vorher „Los, weg hier!“ rief, klang ganz nach der von Becky. Der Verdacht erfüllt Amber mit einem Entsetzen, das ihre Furcht vor der Bande schlagartig in den Hintergrund drängt.

War sie's oder war sie's nicht? Hätte ich doch nur ihr Gesicht deutlicher erkennen können! Aber ich bin mir fast sicher ...

Amber kann keinen Schlaf finden. Doch nicht allein wegen der in die Flucht geschlagenen Bande wälzt sie sich unruhig in ihrem Bett hin und her. Sondern weil ihre dunkle Ahnung sie empört und entrüstet.

Becky, ausgerechnet Becky! Wenn sie wirklich zu den anderen gehört und mit ihnen Häuser plündert, ist das schon unbegreiflich genug. Aber auch unseres? Sie ist doch meine Freundin! Wie kann sie mir das antun? Oder habe ich mich doch geirrt? Schließlich war es ziemlich dunkel, trotz der Sterne. Becky, Becky! Bloß so zum Spaß seid ihr jedenfalls nicht hinter den Büschen gehockt! Das kauf ich dir nicht ab, nein, nein! Ihr habt es auf uns abgesehen gehabt, auf unser Haus! Unfassbar!

Auch wenn Dad Lucy vorgegaukelt hat, dass wir mit den Golfschlägern so etwas wie Indianer und Cowboy spielen, war das draußen im Garten in Wirklichkeit alles andere als ein Spaß. Denn ... wenn sie nun nicht abgehauen wären? Manche Banden haben Waffen. Baseballschläger, Messer, sogar Pistolen, wie man hört. Aber Becky mit einer Pistole? Ein Witz!

Was bringt sie dazu, bei denen mitzumachen? Ist ein geklauter Fernseher anders als der, den sie an der Wand ihres Schlafzimmers hat? Versteh ich nicht. Oder was sonst noch: Dads Münzsammlung, die Möbel, die Gemälde, die Stereoanlage? Blödsinn! Becky fehlt doch nichts. Und wenn, kann sie's sich kaufen. Oder meinetwegen schenken lassen. Jetzt natürlich nicht mehr, okay; vorher aber schon. Was also bringt ihr dieser Mist? Das will mir einfach nicht in den Schädel!

Aber wenn schon Becky mit einer Bande herumzieht – wer dann noch alles? Meine beste Freundin ... demnach auch meine Freunde? Brock würde ich's zutrauen, vielleicht, ihm am ehesten noch. Ach, Unsinn! Auch ihm nicht. Yannis? Bestimmt nicht. Abbie und Tabby? Lächerlich! Aber von Becky hätte ich es doch auch niemals gedacht! Also, was?

Nicht umsonst ist sie meine Freundin. Sie hat Stil. Guten Geschmack, was Klamotten anbelangt. Hört dieselbe Musik wie ich. Steht auf dieselben Jungs. Den göttlichen Franky Z. mit dieser unglaublichen Frisur und der Wahnsinnsstimme, ganz klar der Star der Band! Ich mag sie, ehrlich! Ich dachte immer, auf die kannst du dich verlassen, die plaudert unsere Frauengeheimnisse niemals aus. Und sie bäckt alle paar Wochen Kuchen fürs Gemeindezentrum. Das alles setzt sie doch bestimmt nicht aufs Spiel für ...

nichts! Oder hat die Epidemie doch alles von Grund auf verändert? Ist auf nichts mehr Verlass? Zu schrecklich, um wahr zu sein.

Nein, sie kann es nicht gewesen sein! Unmöglich. Sie muss doch gewusst haben, dass wir alle daheim sind. Ich hab ihr doch erst neulich erzählt, wie wichtig Mom und Dad ihr Haus ist. Dass sie sich darin sicher fühlen. Auch wenn das natürlich Quatsch ist. Das heute war der Beweis. War sie's also nicht. Gut! Werde sie trotzdem fragen. Logisch! Gleich morgen. Warum sie auf Dads Münzsammlung scharf ist ...

Belauscht

Bevor Dal am Morgen nach dem vereitelten Überfall mit Amber über die lange Gestalt an der Hecke sprach, wäre er niemals auf die Idee gekommen, in der Fliehenden eine Bekannte zu vermuten. Es waren nur vage Andeutungen, und doch ist Dal überzeugt, Ambers Befürchtung ziemlich genau erfasst zu haben. Durch die Hinweise, die sie ihm mehr oder weniger unbewusst – und ohne es zu wollen – an die Hand gegeben hat, ist ihm klar geworden, dass es Becky war, die er in jener Nacht gesehen hat.

Diese Erkenntnis hat ihn schwer getroffen. Im Unterschied zu ihm scheint Amber der Verdacht weit mehr zu Herzen zu gehen. Auf seine bohrenden Fragen nach der langen Gestalt hat sie so abweisend reagiert, dass er schließlich darauf verzichtet hat, sie weiter zu bedrängen. Wenn er ihr ablehnendes Verhalten richtig deutet, ist Amber über die Tat ihrer Freundin zutiefst erschrocken und schämt sich zugleich für sie. *Fühlt sie sich für Beckys Wechsel ins feindliche Lager sogar persönlich verantwortlich?*

Über die Berechtigung von Ambers schlimmem Verdacht ist er sich stillschweigend mit ihr einig. Um ihm auf den Grund zu gehen und Antworten auf seine Fragen zu finden, hat er sich vor Beckys Haus auf die Lauer gelegt.

Von einem Baum aus hat er beinahe das gesamte Grundstück im Blick: das schmiedeeiserne Tor, die Auffahrt durch den weitläufigen Garten, die Terrasse, die Garagen und den Hauseingang. Nur der rückwärtige Gebäudeteil ist von seiner Position aus nicht einzusehen. Aber dort ist kein Ausgang, wie er sich zuvor versichert hat; es sei denn, Becky würde über die Mauer klettern. *Tut sie aber nicht.* In diesem Moment geht das Garagentor auf und Becky fährt mit dem Rad den Kiesweg herunter.

Während sie den Mechanismus des Eisentors betätigt, springt Dal vom Baum und verbirgt sich hinter dem Stamm. Hinter Becky schließt sich das Tor. Sie radelt die leer daliegende Straße hinauf. Als ihr Fahrrad mit einer Luftspiegelung verschwimmt, mit der sich die flirrende Hitze auf den Asphalt legt, springt er hervor und eilt ihr nach.

Er muss sich mächtig anstrengen, um Becky nicht aus den Augen zu verlieren. Zum Glück fährt sie nicht besonders schnell. Auch scheint sie völlig unbekümmert zu sein. Sie hat sich bisher nicht ein einziges Mal umgeblickt. Das macht ihm die Verfolgung leichter. Trotzdem tropft ihm der Schweiß von der Stirn, als sie in einer Gartensiedlung mit Wochenendhäusern und landwirtschaftlichen Gebäuden endlich anhält und vom Rad steigt.

Hinter einem Strauch am Wegrand versteckt sich Dal und beruhigt seinen fliegenden Atem. Lange hätte er die Jagd wahrscheinlich nicht mehr ausgehalten. Er sieht, wie Becky ihr Rad durch ein Holztor schiebt, das beim Aufgehen hässlich in den Angeln knarrt. Sie lehnt das Rad drinnen an den Zaun und geht zwischen Anpflanzungen hindurch in Richtung einer großen Gartenhütte. Kurz entschlossen huscht er zu dem Holztor. Durch das Lattengitter beobachtet er, wie sie an die Hüttentür klopft. *Dreimal kurz, dreimal lang, dreimal kurz – das ist das Morsezeichen für SOS!* Die Tür geht auf und schließt sich hinter Becky wieder, wie durch Zauberhand.

Seltsam. Bisher hat alles ganz normal ausgesehen, aber jetzt das SOS-Klopfen und die Tür – wirklich seltsam! Ob die Bande in der Hütte ihren Unterschlupf hat? Scheint so. Er ist froh, sie ohne größere Mühe entdeckt zu haben. Doch fast kommt es ihm vor, als sei es zu leicht gegangen. *Haben sie Wachen postiert?*, fragt er sich und schaut sich nach allen Richtungen um. *Nein, niemand zu sehen.* Er würde zu gerne erfahren, was die Bande plant. Gleichzeitig fürchtet er sich davor, entdeckt zu werden. Nach kurzem Abwägen entschließt er sich, seinen Mut zusammenzunehmen und einen Lauschversuch zu wagen.

Denk dran: Das Tor hat geknarrt! Die Scheunentür ständig im Blick behaltend schiebt er das Holzgitter Zentimeter um Zentimeter auf. Er hat Glück und schafft es, ohne ein Geräusch zu machen. Sobald die Lücke groß genug für ihn ist, schlüpft er hindurch. Mit derselben Behutsamkeit wie eben lässt er das Gittertor leise zurückschwenken. Dann kriecht er zu einer langen Reihe Stangenbohnen, in deren Schutz er zur Scheune schleicht.

An der Vorderwand, wo sich die Tür befindet, gibt es kein Fenster. Vorsichtig späht er um die Ecke. Dort, im Schatten, ein leicht gekippter Fensterflügel. Genau das, was er sucht. Schon hört er gedämpfte Stimmen, die lauter werden mit jedem Schritt, den er darauf zumacht. Unter dem Fenster kauert er sich nieder und horcht gespannt nach drinnen.

„Sie war es!", platzt er heraus, als er wenig später wieder bei Amber ist. „Es war wirklich Becky! Die anderen habe ich nicht erkannt, aber Becky war es, garantiert!" Er ist durch die offen stehende Terrassentür hereingestürmt und steht erregt vor Amber und ihren Eltern im Wohnzimmer.

Jim schaut ihn verblüfft an und hebt beschwichtigend die Hand. „Langsam, Dal, ganz langsam! Ich weiß nicht, wie es euch geht, aber ich verstehe kein Wort. *Was* ist mit Becky?"

Mit einem grimmigen Nicken gibt Amber zu verstehen, dass sie Dal sofort verstanden hat. Lucy ist über sein Auftreten erschrocken hinter einen Stuhl getreten und blickt mit sichtlicher Sorge von einem zum anderen. Ihr Gesicht ist hektisch gerötet. Sie sieht müde aus.

Aufseufzend lässt sich Dal auf einen anderen Stuhl sinken und legt sich in Gedanken noch einmal zurecht, was er soeben erfahren hat. Daraufhin seufzt er erneut, schaut Amber und ihre Eltern an und beginnt dann seinen Bericht:

„Ich bin ihr gefolgt, obwohl ich zu Fuß war und sie ihr Fahrrad hatte. Von zu Hause aus fuhr sie direkt zu den Gärten vor der Schnellstraße. Das sind nur drei, vier Meilen, aber ich hab ganz schön schnaufen müssen! In einem der Gärten klopfte sie an die Scheunentür und wurde sofort hereingelassen. Sie haben ein Geheimzeichen: das SOS!"

„Ein Klopfzeichen?", wird er von Jim unterbrochen. „Bist du sicher?"

Er nickt mit Nachdruck. „Dreimal kurz, dreimal lang, dreimal kurz. Mein Vater hat mir das Morsealphabet beigebracht, vor ein paar Jahren. Wir haben uns manchmal zum Spaß gemorst, beim Essen zum

Beispiel, wenn wir meiner Mom nicht verraten wollten, was wir uns mitzuteilen hatten. Deshalb bin ich mir ganz sicher, dass das kein Zufall war. Und SOS – das kennt sowieso jeder."

„Na gut", sagt Jim. „Und was ist dann passiert?"

„Das Fenster stand einen Spalt offen, deshalb habe ich hören können, worüber sie redeten."

„Und was bedeutet *sie*?", erkundigt sich Amber.

Dal lächelt verhalten. Er genießt es, ihre ungeteilte Aufmerksamkeit für sich zu haben. Was er zu berichten hat, erfüllt ihn mit Stolz, denn schließlich war es alles andere als ungefährlich, unter dem Fenster zu lauschen.

„Sie", gibt er gelassen zur Antwort. „Das ist die Bande, die uns überfallen wollte: die *Stray Cats*."

„Streunende Katzen – das passt!", wirft Lucy abschätzig ein. Die Nachricht von der Bande scheint sie anzugreifen. Dal sieht, dass ihr der Schweiß auf der Stirn steht.

„Als sie nach ihrer Aussprache die Hütte verließen", fährt er fort, „habe ich einen Blick riskiert. Becky habe ich klar erkannt. Auch ein paar ihrer Klassenkameraden: Stan Rogers, Mark Lods, May Farrell, Josie Adams und andere. Insgesamt sind sie bestimmt zwanzig, wenn nicht noch mehr. Von unseren Freunden war aber keiner dabei, glaube ich. Leider habe ich nicht alle gesehen. Ich musste mich beeilen, weil sie ja aus der Hütte kamen. Wenn ich entdeckt worden wäre – wer weiß, was sie mit mir gemacht hätten!"

„Klar!", meint Amber. „Da hast du ganz schön was riskiert!"

„Das stimmt wohl", sagt er bescheiden. „Aber es hat sich ja auch gelohnt. Trotzdem ... Von dem einen habe ich nur die Stimme gehört, und das ärgert mich. Ich glaube aber, ich weiß trotzdem, wer es ist. Aber gesehen habe ich ihn nicht."

„Und?", bohrt Amber. „Sag schon, wer es war! Kenne ich ihn?"

Er wiegt unentschlossen den Kopf. „Wenn es der ist, den ich meine, dann kennst du ihn", sagt er zu ihr. „Aber bevor ich nicht hundertprozentig sicher bin, behalte ich den Namen lieber für mich. Entschuldigung, aber ich möchte niemanden unnötig anschwärzen."

„Schon gut!", wehrt Jim schmunzelnd ab. „Behalte den Namen des Jungen für dich, solange du es für richtig hältst. Aber jetzt wollen wir wissen, was sie besprochen haben. Hast du wirklich alles genau gehört?"

„Den Anfang nicht", gibt er zu. „Sie müssen schon geredet haben, bevor Becky kam. Von dem Moment an habe ich aber alles mitbekommen, jedes Wort!"

„Jetzt spann uns nicht auf die Folter!", bittet

Amber. „Na, los, sag endlich, was haben sie gemauschelt?“

Dal zögert mit der Antwort. Er weiß: Was er zu berichten hat, wird der Familie nicht gefallen. Er räuspert sich, um seine Unsicherheit zu überspielen, und sagt dann in sachlichem, betrübtem Ton: „Morgen Nacht, genau um zwölf Uhr, wollen sie dieses Haus überfallen!“

Ein paar Sekunden lang starren ihn alle nur ungläubig an. Dann stößt Lucy einen spitzen Schrei aus und stürzt ohnmächtig zu Boden.

Kampf oder Flucht

Gedankenversunken trottet Amber dem Hafen zu. Dort liegt das Boot, mit dem sie auf Solaris' Anraten hin schon vor Wochen hätten fliehen sollen. Seitdem sie in die vom Virus am meisten heimgesuchten Gebiete im Norden gegangen ist, hat keiner der Familie mehr etwas von ihr gehört. *Arme Solaris!* Amber kann nur hoffen, dass es ihr gut geht. Schon lange glaubt sie nicht mehr daran, doch noch eine Nachricht von ihr zu erhalten. Denn inzwischen sind sämtliche Kommunikationswege tot.

Zum Glück geht es Lucy wieder besser. Kurz nachdem Dal gegangen war, ist sie wieder zu sich gekommen. Mit Jims Hilfe hat Amber sie auf die Liege im Wohnzimmer gebettet und ihr kühle Umschläge gemacht. Ihre Ohnmacht hatte keine zehn Minuten gedauert. Danach hat Lucy sich erstaunlich schnell erholt. Kurz nach dem Erwachen meinte sie, es sei nichts als eine kleine Schwäche gewesen; keiner müsse sich ernsthaft Sorgen machen. Angesichts der beunruhigenden Kunde von dem Überfall, der ihnen bevorstehe, habe sie einfach die Nerven verloren. Dafür hat sie unter Tränen um Entschuldigung gebeten.

Jim ist ohne Zögern auf ihre Erklärung eingeschwenkt und hat Lucy getröstet. *Ich verstehe ihn. Er hat es gut gemeint. Ich fürchte nur, dass sie ihren Gesundheitszustand falsch einschätzt. Oder ahnt auch Daddy, dass etwas mit ihr nicht stimmt? In den letzten Wochen ist Lucy beinahe durchsichtig geworden, das muss ihm aufgefallen sein, genau wie mir. Aber er zeigt es nicht.*

Offenbar greift Lucy der Virenausbruch und seine katastrophalen Konsequenzen mehr an, als sie eingestehen will. Einmal, als Amber sie bat, sich zu wiegen, hat sie das strikt abgelehnt. *Sie streitet einfach ab, an Gewicht verloren zu haben! Dabei kann jeder sehen, wie sehr sie abgemagert ist!* Aus diesem Grund hat Amber sie in letzter Zeit mit zunehmender Sorge beobachtet. Bis heute sind bei ihr jedoch keine Anzeichen für eine Infektion zu entdecken gewesen – *zum Glück!* Seit der Ohnmacht sind Amber jedoch Zweifel daran gekommen, dass ihre Mutter wirklich so gesund ist, wie sie glauben machen will.

Amber hat Angst um sie, zum ersten Mal richtige Angst. Sie hofft mit ganzem Herzen, dass Lucy keine Pusteln bekommen wird. Zeigen sich diese ersten

Symptome der Infektion bei ihr, könnte sie schon in wenigen Tagen tot sein. *Im Film haben sie das wortwörtlich so gesagt: „in wenigen Tagen". Das darf nicht sein! Was würde aus uns, aus mir und Daddy? Nein, gar nicht erst dran denken. Geh zum Hafen, zum Boot, und setze es instand, wie wir es besprochen haben. Alles andere macht dich bloß traurig. Sei zuversichtlich! Sie hat keine Pusteln und wird auch keine bekommen!*

Sie schüttelt die düsteren Gedanken von sich ab und zwingt sich dazu, nach vorne zu schauen. *Es nützt nichts, sich von Gedanken an den Tod überwältigen zu lassen. „Solange man lebt, sollte man jede Sekunde dafür nutzen, das zu tun, was zu tun ist!"* Diesen Rat hat Dianne ihr vom Sterbebett aus mit auf den Weg gegeben. Daran hat Amber sich immer festgeklammert, vor allem wenn sie aus irgendeinem Grund traurig war. *„Solange man lebt ..."*

Widme dich jetzt lieber dem Nächstliegenden! Sie denkt an die Beschlüsse, die der eilends abgehaltene Familienrat erbracht hat. Allen dreien ist klar gewesen, dass sie sich etwas einfallen lassen müssen, um gegen den Angriff der Bande besser gewappnet zu sein als beim letzten Mal. Die beiden Möglichkeiten, die ihnen bleiben, hat Dad deutlich benannt: Flucht oder Kampf.

Komisch, dass Lucy sich diesmal gegen einen Ver-

bleib im Haus ausgesprochen hat; andererseits verständlich. Wenn Amber sich ihre Stiefmutter vorstellt, wie sie mit einem Küchenmesser Widerstand gegen die Angreifer zu leisten versucht, muss sie unwillkürlich schmunzeln. *Unsinn! Das passt nicht zu ihr.* Als Lucy völlig überraschend von ihrem bisherigen Entschluss abließ und auf einmal für das Verlassen des Hauses stimmte, wandte Dad ein: „So einfach ist das nicht, Liebes. Ich jedenfalls habe nicht die Absicht, dem Mob das Feld kampflos zu räumen!" Er ist für eine Doppelstrategie: nämlich die Flucht genauso gewissenhaft vorzubereiten wie den Widerstand gegen diese Bande.

Echt stark! Amber ist sehr stolz auf den Mut ihres Daddys. Sie hat sich – ohne zu zögern – auf seine Seite geschlagen. *Vielleicht hilft uns Dal, dann sind wir einer mehr. Und wenn nicht ... Es ist eine Familienangelegenheit. Besser, wir rechnen nicht mit ihm.* Über ernsthafte Waffen verfügen sie nicht, dennoch müssen sie diesmal mehr aufbieten als ein paar Golfschläger. Sie haben beschlossen, alles bereitzulegen, was sie haben – auch die Küchenmesser. *Trotzdem, wir müssen uns das noch genauer überlegen. Aber wir werden gewinnen! Ja, das werden wir.*

Allerdings sind sie sich darin einig, keinerlei Risiko einzugehen. Sobald sich die Lage zuspitzt, wollen sie durch den Hinterausgang verschwinden. Dann muss das Boot fertig sein. *Meine Aufgabe.* Amber hat es schon einige Male wieder auf Vordermann gebracht, am Anfang der Ferien, damit sie an der Küste entlangschippern konnten. Erinnerungen an wunderschöne Badeurlaube drängen sich ihr auf. *Wie glücklich wir damals waren! Da lebte Mom noch ...*

Sei tapfer! Tu, was du tun musst. Dad ist mit dem Auto unterwegs, um Proviant zu besorgen. Hoffentlich findet er etwas. In der Innenstadt herrscht das Chaos, da wird er viel Glück brauchen, wenn er etwas Essbares auftreiben will. Jetzt fällt mir auf, wie entschlossen er gekuckt hat, bevor er losfuhr. Wahrscheinlich will er gar nicht in die Stadt, sondern zu den Schrebergärten! Obst und Gemüse sammeln. Vielleicht auch die Bande ausspionieren. Dals Beschreibung müsste genügen, um die Scheune zu finden. Ja, bestimmt! Sei bloß vorsichtig, Daddy!

Wir werden auch Sprit brauchen. Der Tank dürfte voll sein. Bin gespannt, wie's am Hafen aussieht.

Nachdem sie auf ihrem Weg ein Wäldchen durchschritten hat, riecht die Luft plötzlich salzig. Ein paar Straßen noch, dann steht sie vor der kleinen Hafenanlage. Das Meer liegt da wie eine grüne Glasplatte. Kein Lüftchen weht. Beim Anblick der wenigen verbliebenen Boote erschrickt Amber. *Ist unseres auch weg?* Sie sucht den Liegeplatz, ihre Schritte werden schneller. *Nein, dort ist es!* Sie atmet erleichtert auf, geht die Mole entlang und springt an Bord, um ihren Auftrag auszuführen.

In Versuchung

Dass die Bande noch an diesem Abend ein anderes Gebäude der Nachbarschaft heimsuchen will, hat Dal verschwiegen. Er wollte die Familie warnen, hat aber niemanden angetroffen. Ist es Abenteuerlust, die ihn dazu treibt, diesen Raubzug der Stray Cats zu beobachten? Seit er sie belauscht hat, spürt er ein unablässiges Prickeln in sich. Sein Herz schlägt schneller, er ist sehr aufgeregt. Von Amber und ihrer Familie ist er zu sich in den Garten geeilt, wo er sein Fahrrad hervorgeholt hat, das er dort in Büschen versteckt hält. Jetzt ist er unterwegs zur Scheune, in der die Bande sich trifft.

Beim letzten Mal hat er beinahe zu viel riskiert. Als Becky mit den anderen herauskam, konnte er sich gerade noch zurückziehen. Würde nicht unmittelbar neben dem Fenster ein dichtes Jasmingebüsch stehen, in das er rasch gekrochen ist, dann hätten sie ihn bestimmt entdeckt. So aber ist alles noch einmal gut gegangen.

Bei dem, was er jetzt vorhat, will er vorsichtiger

sein und trotzdem näher an die Bande herankommen. Es ist ihm wichtig, möglichst viel von ihren Plänen zu erfahren. Wenn er Glück hat, könnte er sogar herausbekommen, wer der Junge ist, dessen Stimme ihm bekannt vorkam. Es geht ihm dabei ähnlich und doch völlig anders, als es bei Amber und ihrem Verdacht Becky gegenüber der Fall war: Sie hat sich für ihre Freundin geschämt und unter deren Abweichen vom vorgegebenen Weg sehr gelitten; Dal hingegen fiebert der Bestätigung seiner Ahnung mit einer Aufregung entgegen, die ihn seltsam beglückt. Er weiß selbst nicht, was mit ihm los ist. Er ist nur irrsinnig gespannt, was ihm sein Abenteuer bringen wird.

Dass die Scheune zweistöckig ist, hat er zwar bemerkt, aber nicht für wichtig gehalten. Doch dieser zweite Stock ist es, auf den jetzt all seine Erwartungen gerichtet sind. Er hofft, das Fenster noch genauso gekippt vorzufinden wie vorher. Dort will er einsteigen und sich im oberen Stock verstecken. Da die Cats vor einer Stunde weggegangen sind, stehen seine Chancen nicht schlecht, den Platz vor einer erneuten Zusammenkunft der Bande zu erreichen. Um schneller dort zu sein, tritt er kräftiger in die Pedale.

Wahnsinn!

Nachdem Dal sein Rad versteckt und sich im Garten mit der Scheune sorgfältig umgesehen hat, ist er durch das Fenster gekrochen. Eine ausgetretene hölzerne Treppe hat ihn nach oben geführt. Der Anblick, der sich ihm hier bietet, hat ihm den Atem verschlagen. Nur langsam erholt er sich von seiner Verblüffung. *Wahnsinn!*, wiederholt er überwältigt. Denn er hat hier oben nichts Geringeres entdeckt als das gesammelte Diebesgut der Bande.

Geöffnete und ungeöffnete Safes, Statuen, Skulpturen und andere Kunstgegenstände, Motorräder, Fernseher, Stereoanlagen, Teppiche, Gemälde, Schmuckkästchen, Koffer, ganze Schränke, weitere Möbel, Vasen, Geschirr, Silber- und Goldbesteck, Wanduhren. Gefüllte Weinregale, Eisschränke, Kühltruhen, Dampfstrahler, Kettensägen, Bohrmaschinen, Staubsauger, Pumpen, Föhns, Telefonanlagen, Kameras, Computer und alle möglichen Hightechgeräte – eine endlos scheinende Ansammlung mehr oder weniger wertvollen Krams, alles gestohlen und hier untergestellt, das Ergebnis unzähliger Einbrüche.

Früher, vor dem Virenausbruch, hätte das alles ein Vermögen ergeben. Jetzt eignet es sich bestenfalls zum Tauschen. Ein durchschnittlicher Fernseher bringt ein paar Kilo Reis, eine Kühltruhe vielleicht ein Kaninchen, wenn man Glück hat. Frisches Fleisch ist am schwersten zu bekommen. Aber wer über ein so riesiges Warenlager verfügt, muss sich keine Gedanken darüber machen, wie er satt wird.

Da die von Dals Eltern in der Villa angelegten Vorräte allmählich zur Neige gehen, reizt es ihn gewaltig, sich hier zu bedienen. Schon malt er sich aus, wie wundervoll es wäre, wieder einmal in ein dickes, saftiges Steak zu beißen. Das Wasser läuft ihm im Mund zusammen bei diesem Gedanken. Doch dann kommen ihm Bedenken. *Würde ich mich nicht auf dieselbe Stufe stellen wie sie? Nein, ich bin kein Dieb! Kommt nicht in Frage! Lust hätte ich schon, ihnen etwas wegzunehmen. Aber dann wäre ich ein Plünderer wie sie. Soll ich mich etwa an ihren Raubzügen beteiligen? Dal, dass du überhaupt daran denkst ...! Nein, so tief will ich nicht sinken.*

Er widersteht der Versuchung und beschränkt sich darauf, die Sachen genauer in Augenschein zu nehmen. Sein Interesse gilt einer Anzahl von blauen Plastikfässern, deren Deckel mit eisernen Spanngurten befestigt sind. Das erste Fass, das er öffnet, enthält zu seiner Freude feinstes Mehl. Einige Fässer weiter stößt er auf Reis. Ein anderes Fass ist mit Dörrpflaumen gefüllt, das nächste mit eingelegten Oliven. Nach und nach verschafft er sich einen Überblick über diese Lebensmittel. Sie sind in seinen Augen viel wertvoller als der ganze andere Krempel zusammengenommen. Woher sie stammen, ist ihm schleierhaft. In Wohnhäusern jedenfalls sind solche riesigen Mengen für gewöhnlich nicht zu finden.

Doch er kommt nicht dazu, diese Frage zu beantworten, denn auf einmal dringt das Geräusch von Stimmen von draußen herauf. *Sie kommen zurück! Schnell, schnell!* In aller Eile verkriecht er sich in der Nähe der Treppe hinter ein paar Ledersesseln, die er schon beim Heraufsteigen als ideales Versteck ausgemacht hat. Von hier aus kann er den größten Teil des unteren Raums einsehen, ohne entdeckt zu werden.

„Holt ihr die Waffen! Hier ist der Schlüssel", sagt jemand von der Tür her.

Dal zuckt entsetzt zusammen. *Sie haben also Waffen! Wenn sie die gegen Amber und ihre Familie einsetzen ...*

Die Stufen der hölzernen Treppe beginnen unter der Last der nach oben steigenden Cats zu ächzen. Dal huscht zurück und macht sich ganz klein. Er hat noch gesehen, dass sie zu dritt kommen. Von nun an ist er jedoch allein auf sein Gehör angewiesen. Das Geräusch der sich nähernden Schritte erreicht das Ende der Treppe. Auf dem staubigen Betonboden klingt es leise scharrend und verliert sich bald im hinteren Teil der Scheune. Nach einer Weile kehrt es zurück. Dann hört Dal einen metallischen Krach und ein unterdrücktes Fluchen.

„Mark, pass doch auf! Die ist geladen, Mann!"

„Immer geschmeidig bleiben, Stan! Ist ja nichts

passiert! Hab sie schon wieder. Geh du voran, Robbie."

„Okay."

Mit klopfendem Herzen verfolgt Dal, wie die Geräusche sich nach unten entfernen. *Robbie Klein gehört also auch zu ihnen! Bei der Preisverleihung hat er einen echt guten Eindruck auf mich gemacht. Dass er bei denen mitmischt, hätte ich ihm niemals zugetraut!*

„Habt ihr alle?", fragt derjenige, der vorher zuerst gesprochen hat. Es ist der mit der Stimme, die Dal zu kennen meint. Offensichtlich so etwas wie der Anführer.

„Sieben Pistolen, drei Gewehre", wird geantwortet.

„Dann lasst uns abhauen!", befiehlt der Anführer. „Bin gespannt, was es bei den Heckhams zu holen gibt!"

Sie entfernen sich, die Tür fällt hinter ihnen ins Schloss, der Riegel wird vorgeschoben. Dal lässt ein paar Minuten verstreichen, dann erst wagt er sich aus seinem Versteck hervor.

Er schaut nach unten in Richtung Tür. Dort hat der Anführer der Stray Cats gestanden. Diesmal hat Dal ihn an der Stimme erkannt. Es ist Yannis.

Retter in der Not

Nachdem ihnen Dal die Nachricht überbracht hat, dass die Stray Cats bei ihren Überfällen Waffen benutzen, hat Jim eingesehen, dass an Widerstand nicht zu denken ist. Auf sein Geheiß haben sie sämtliche Vorbereitungen zum Zurückschlagen des morgen zu erwartenden Angriffs eingestellt. Stattdessen haben sie ihre Bemühungen verstärkt, sich mit Lebensmitteln und sonstigen Dingen zu versorgen, die sie auf dem Meer brauchen werden.

Das meiste von dem, was er zusammengebracht hat, befindet sich bereits auf dem Boot. Amber hat unglaublich schuften müssen, um mit Jims Tempo Schritt zu halten. Jede seiner Bewegungen verrät die Besorgnis, die er wegen Lucy empfindet. Man kann fast den Eindruck gewinnen, er arbeitet dagegen an, dass sich bei ihr die Pusteln weiter ausbreiten. Dennoch weiß er natürlich genau, was die Stunde geschlagen hat. Die Pusteln sprechen eine deutliche Sprache. Lucy ist angesteckt.

Jim hat unglaublich viel Einfallsreichtum und

Engagement gezeigt. Er hat nicht nur die Gärten nach Essbarem abgesucht und dabei eine erfreuliche Menge an Obst und Gemüse erbeutet. Zudem ist er – ohne zu zögern – darangegangen, mit Ambers Hilfe Gegenstände des Hausrats auf sein Auto zu laden. Unermüdlich war er dann unterwegs, um die Sachen gegen Nahrungsmittel einzutauschen. Dennoch haben sie noch längst nicht genug. Vor allem an länger haltbaren Lebensmitteln wie Kaffee, Reis und Mehl. Aber auch an Wasser fehlt es noch.

Nach jeder neuen Tour zum Hafen und wieder zurück gilt sein erster Weg der Kranken. Sie liegt im abgedunkelten Schlafzimmer und kämpft gegen die Kopfschmerzen an. Die meiste Zeit ist ihr übel. Oft muss sie sich erbrechen, obwohl sie unmöglich noch etwas im Magen haben kann. Das Erbrochene ist ein graugrüner Schleim, den sie unter heftigem Stöhnen in den Eimer an ihrem Bett spuckt. Ihr Gesicht ist rot, von Pusteln übersät und aufgedunsen. Stündlich scheint sie mehr abzubauen, und dennoch wirkt sie bisweilen wie frisch belebt. Amber hofft von ganzem Herzen, dass sie es so leicht wie möglich hat. Doch als sie Lucy diesmal an ihrem Krankenlager besuchen, hängt sie wieder ächzend und Schleim spuckend über dem Eimer.

„Du musst dir das nicht ansehen", sagt Jim mit unterdrücktem Ton zu Amber. „Ich werde bei ihr bleiben. Spar du dir deine Kraft für das Einladen der Sachen."

„Ich will aber!", gibt Amber entrüstet zurück und drückt die Hand ihrer Stiefmutter fester. „Mach dir um meine Kraft keine Sorgen. Das schaffe ich schon!"

Er legt Lucy, nachdem sie seufzend auf ihr Kissen zurückgesunken ist, einen feuchten Umschlag auf die Stirn. Mehr kann er kaum tun. Einen Arzt zu holen, das hätte aus verschiedenen Gründen keinen Sinn. Erstens gibt es viel zu wenig Ärzte, als dass sie allen Wünschen nach Hausbesuchen gerecht werden könnten. Zudem hätten auch sie nur die Möglichkeit, schmerzlindernde Mittel zu verabreichen. Doch diese Medikamente stehen nicht in ausreichender Menge zur Verfügung. Deshalb hat Jim nach Rücksprache mit Lucy und Amber auf jede ärztliche Betreuung verzichtet. Was der Kranken an Erleichterung verschafft werden kann, wird getan. Trotzdem ist es entsetzlich, sie leiden zu sehen.

„Geh jetzt bitte nach unten", sagt Jim leise zu Amber, „und lege die Decken bereit. Ich komme nach, sobald ich kann."

Amber nickt, verabschiedet sich von Lucy und geht aus dem Zimmer. Sie sieht ein, dass sie am Krankenbett jetzt überflüssig ist. Diesmal ist Lucys Anfall zum Glück schnell vorübergegangen. Für die nächsten Minuten ist mit Ruhe zu rechnen. Amber will die

Zeit nutzen und die Vorbereitungen für die Abfahrt wieder aufnehmen.

Nachdem sie Decken, Kissen und Bezüge in den Kofferraum des Pick-ups gepackt hat, gönnt sie sich in der Küche eine Dose Limonade. Das Leitungswasser ist schon seit Wochen nicht mehr trinkbar. Durch das Chaos, das natürlich auch die städtischen Wasserwerke nicht verschont hat, ist es zunächst zu erheblichen Verunreinigungen des Trinkwassers gekommen. Kurz darauf waren die Rücklagen aufgebraucht, was bei der herrschenden Hitze nicht verwunderlich ist. Mit dem Zusammenbruch der öffentlichen Ordnung hat auch die Wasserversorgung geendet. Es gibt in der Stadt keinen einzigen Haushalt, der nicht davon betroffen wäre. Wahrscheinlich gilt das für das gesamte Land, vermutlich sogar weltweit. Trinkwasser ist überall so knapp geworden, dass regelrechte Kriege darum geführt werden. Wohl dem, der über Getränkevorräte verfügt. Amber und ihre Familie gehören zufällig dazu, denn kurz vor dem Beginn der Epidemie hat Jim den Keller gefüllt.

Als ihr Durst gelöscht ist, schnappt Amber sich zwei weitere Dosen: *eine für Daddy, eine für Lucy. Vielleicht kann sie etwas zu sich nehmen.* Auf dem Weg ins obere Stockwerk hört Amber ein dumpfes Poltern und beschleunigt besorgt ihre Schritte. *Was war das? Klang, als wäre ein Stuhl umgefallen.* Unruhig reißt sie die Tür zu Lucys Zimmer auf. Wie tot liegt die Kranke da. *Wo ist Daddy?* Amber lässt die Dosen fallen und geht um das Bett herum. Dort sieht sie, dass es nicht der Stuhl war, der umgefallen ist. Vor ihr auf dem Boden liegt reglos ihr Vater.

„Daddy!", ruft sie entsetzt und kniet zu ihm nieder. Da er keinen Laut von sich gibt, zupft sie ihn am Ärmel und spricht ihn erneut an: „Daddy!" Ihr Ton ist flehend. Jetzt endlich schlägt Jim die Augen auf. „Daddy, was hast du?"

Er starrt sie zu Tode erschrocken an. Der starre Blick seiner weit aufgerissenen Augen schneidet ihr ins Herz. Erschüttert hilft sie ihm auf, mit den zärtlichsten Handgriffen, zu denen sie fähig ist. Jede ihrer Bewegungen soll ihm die Liebe vermitteln, die sie für ihn empfindet. Sie hat gewusst, dass es eines Tages so weit kommen würde. Nun ist dieser Tag da, mit all seiner Brutalität. Sie unterdrückt ihr Schluchzen und zwingt sich zu einem tapferen Lächeln, das ihr gegen alle Erwartung einigermaßen gelingt.

Mit ihrer Hilfe gelingt es ihm, sich aufzurappeln. Er schwankt, doch er kann sich auf den Beinen halten. Mit einem Ausdruck des Erstaunens fasst er sich an den Kopf. „Ich ... ich weiß auch nicht, was mit mir passiert ist. Plötzlich war ich ...", sagt er stammelnd. Dann fällt sein Blick auf Lucy, und er erschauert. „Lucy ... sie hat die Besinnung verloren!" Mit einer

Schnelligkeit, die Amber ihm in seiner jetzigen Lage nicht zugetraut hätte, wirft er sich neben der Kranken aufs Bett und umfasst ihre schlaff auf der Decke liegenden Hände. „Lucy! Sie hat die Besinnung verloren!", ruft er klagend.

Amber weiß nur zu gut, was das zu bedeuten hat. Ihre Stiefmutter hat die letzte Phase der Krankheit erreicht. Von nun an müssen sie jede Stunde mit ihrem Ableben rechnen. Um ihn zu trösten, setzt sie sich ihm gegenüber aufs Bett und legt ihm einen Arm um den Nacken. „Jetzt müssen wir stark sein, Dad."

Er schaut Amber aus seinen tränenverschleierten Augen an, als wären ihre Worte von weit, weit her gekommen. Mit brechender Stimme erwidert er: „Ja, Amber, das müssen wir."

Daraufhin bricht er weinend über der bewusstlosen Lucy zusammen.

Allein gelassen

Das Thermometer neben der Haustür zeigt einen neuen Hitzerekord an: fünfundvierzig Grad im Schatten. Dal schüttelt verärgert den Kopf. *Wenn das so weitergeht, ist hier bald alles Wüste!* Dann öffnet ihm Amber die Tür.

„Hallo, Amber!"

„Hallo, Dal. Komm rein."

Während sie ihn ins Haus führt, fragt er sich, weshalb sie so ernst wirkt. „Ist was?", erkundigt er sich.

Sie bleibt stehen und wendet sich ihm mit trauriger Miene zu. „Ich glaube, jetzt hat es auch Dad erwischt", erklärt sie. „Und mit Lucy geht es wahrscheinlich bald zu Ende."

Obwohl er diese Entwicklung vorausgesehen hat, versetzt ihm die Nachricht einen Stich. Er unterdrückt den Fluch der Empörung, der ihm auf den Lippen gelegen hat, und fragt betrübt: „Kann ich irgendwie helfen?"

Amber schüttelt hilflos den Kopf. „Ich wüsste nicht, wie. Ich kann ja selbst so gut wie nichts tun."

„Das mit Lucy tut mir sehr, sehr Leid. Das kannst du mir glauben. Aber dein Vater ist stark!“, versucht er sie zu trösten. „So ein Supersportler wie er lässt sich nicht gleich umhauen! Er wird bestimmt noch lange leben!“

Amber führt ihn die Treppe hinauf zu Lucys Schlafzimmer. Im Gehen wirft sie ihm einen zweifelnden Blick zu, doch dann entspannt sich ihre Miene. Mit dem Anflug eines Lächelns erwidert sie: „Wer weiß, vielleicht hast du Recht! Auf jeden Fall kommt ihm zugute, dass er immer so viel Sport gemacht hat. Solange er die Pusteln noch nicht hat, sollten wir hoffen. Unterkriegen lässt er sich sowieso nicht. Du hättest sehen sollen, wie er sich vorhin beim Aufladen der Getränke ins Zeug gelegt hat!“

Dal nickt Anteil nehmend. „Seid ihr fertig?“, fragt er, als sie an der Tür angekommen sind.

Sie zuckt die Achseln. „So weit schon. Es fehlt natürlich an allen Ecken und Enden. Lange können wir mit unseren Sachen auf keinen Fall durchhalten.“

Sie öffnet und tritt gefolgt von ihm ein. Auf den ersten Blick kann er erkennen, wie mitgenommen Jim wirkt. Er sitzt bei seiner Frau am Bett und weint stille Tränen. Durch die riesigen Schweißflecken auf seinem Hemd erscheint er bejammernswert. Man sieht ihm an, dass er am Ende seiner Kräfte ist. Als er Dal bemerkt, wischt er sich die Tränen weg und erhebt sich.

Dal schaut kurz nach Lucy. Sie liegt da wie eine Leiche. Wo ihre Haut nicht von Pusteln überzogen ist, sieht sie aus wie weißes Wachs. Jeder einzelne Knochen hebt sich ab, sie macht den Eindruck eines aus dem Nest gefallenen Vogeljungen. Er wendet sich von ihr ab, begrüßt Jim und fragt auch ihn: „Wie kann ich helfen?"

Jim reagiert ähnlich wie vorher Amber. „Gar nicht. Du kannst uns höchstens nachher beim Umladen des Proviants aufs Boot zur Hand gehen."

„Okay!", erklärt er bereitwillig. „Aber Amber sagt, ihr habt zu wenig Nahrungsmittel. Wie wär's, wenn ich euch mehr, viel mehr beschaffen würde?" Eine Weile weidet er sich an den erstaunten Blicken der beiden. Dann verrät er: „Ich weiß, wo es Unmengen gibt! Davon kann man Jahre leben!"

„Ist nicht dein Ernst!" Amber zeigt sich maßlos überrascht, während Dal nur schelmisch nickt. „Wo denn? Die Stadt ist doch leer!"

Jim kann seine Rührung nicht verbergen. Er geht einen Schritt auf Dal zu und legt ihm beide Hände auf die Schultern. „Wenn wir mehr zu essen hätten, wäre das ..." Tränen laufen ihm über die Wangen. Vor Freude versagt ihm die Stimme.

„In der Scheune der Stray Cats ist ihr Warenlager", führt Dal aus. „Was es da alles gibt, ist nicht zu fassen! Die haben alles, ehrlich! Es wird nicht ganz ungefährlich sein. Aber ich bin sicher, wir können es uns holen!"

„Dal, du bist unser Retter!", ruft Amber beglückt aus und drückt ihm einen stürmischen Kuss auf die Stirn. „Worauf warten wir noch? Lasst uns das Nest ausräumen!"

Von den Stray Cats droht ihnen wenig Gefahr, da Dal weiß, dass sie gerade auf einem Raubzug sind. So haben sich die drei mit Feuereifer an die Arbeit gemacht. Um jedem immer wieder die nötige Erholung zu gönnen, haben sie abwechselnd Wache gehalten, während die beiden anderen die Vorräte aus dem Lager schleppten und auf den Wagen luden. Da Jim außer dem normalen Straßenwagen auch einen Pickup besitzt, haben sie diesen benutzt. Trotz seiner großen Pritsche sind sie schon viermal zwischen der Scheune und dem Boot hin- und hergefahren. Bei einer Fuhre haben sie sogar Lebensmittel zu Dals Residenz gebracht.

Als er Amber mitgeteilt hat, dass er Yannis als den Anführer der Bande erkannt hat, ist sie aus allen Wolken gefallen. Danach schien es, als würde sie die Neuigkeit geradezu beflügeln. Mit doppelter Energie hat sie die restlichen Tonnen aus dem Lager geräumt. Noch jetzt – beim Beladen des Bootes – ist ihr die Schadenfreude anzumerken.

Jim atmet erschöpft, aber auch sichtlich erleichtert auf. „Geschafft!“, vermeldet er den beiden. Auf den unerwarteten Zuwachs seines Proviants auf dem Boot reagiert er so ausgelassen, wie es die traurigen Umstände zulassen. Er springt vom Boot auf die Mole und reibt sich die Hände. „Morgen früh geht's los! Eigentlich bin ich den Cats dankbar. So kommen wir wenigstens mal wieder zu einer kleinen Ausfahrt!“

„Eher zu einer großen!“, erwidert Amber in scherzhaftem Ton. Auch ihr ist anzumerken, wie zufrieden sie darüber ist, ausreichend Nahrungsmittel an Bord zu haben. „Dann ist das heute also der letzte Abend in unserem Haus“, fährt sie in ernsterem Ton fort. „Ich finde, wir sollten feierlich von ihm Abschied nehmen! Meinst du nicht auch, Dad?“

„Diese Idee hatte ich auch schon! Du wirst es nicht glauben, aber ich habe im Keller eine Flasche Wein versteckt. Die köpfen wir, ja?“

„Einverstanden! Das heißt, wenn ich ein Schlückchen abbekomme!“

„Meinetwegen auch zwei!“, lacht Jim. „Ich ziehe noch die Plane übers Boot, dann fahren wir nach Hause!“

Dal kommt sich überflüssig vor. Für ihn gibt es keinen Grund, sich von dem Haus zu verabschieden. Er wird bleiben müssen, obwohl er so gut wie allein auf der Welt sein wird, sobald Amber und Jim abgelegt haben. Vergeblich hat er darauf gewartet, von den beiden dazu eingeladen zu werden, sie bei ihrer Fahrt zu begleiten. Doch sie haben ihn nicht gefragt, mit keinem Wort. Deshalb fühlt er sich jetzt, während sie im Wohnzimmer sitzen und Wein trinken, einsamer denn je.

„Übrigens", wendet er sich an Amber, nur um überhaupt etwas zu sagen. „Das hätte ich fast vergessen, ich habe vorhin Ernie Tabells Schwester getroffen. Ernie ist vor vier Tagen gestorben."

„Tut mir Leid, echt", sagt sie. „An seinen Verletzungen von der Schulpanik?"

Dal nickt bestätigend. Daraufhin versinkt er wieder ins Brüten.

Jim hebt die Weinflasche prüfend gegen das Licht der Kerzen. Seit die Stromversorgung zusammengebrochen ist, gibt es keine andere Lichtquelle. Batterien für Taschenlampen sind schon lange nicht mehr zu haben. „Noch halb voll", urteilt Jim erfreut. „Willst du nicht doch einen Schluck, Dal?"

Er lehnt dankend, aber bestimmt ab. „Ich schau noch mal nach Lucy", erklärt er, erhebt sich und geht hinaus. Allerdings hat er nicht vor, einen Krankenbesuch zu machen. Ohnehin haben sie alle paar Minuten nach Lucy geschaut. Ihr Zustand ist unverändert schlecht.

Dal wählt nicht den Weg vom Wohnzimmer in Richtung Treppe, sondern geht mit gesenktem Kopf zur Haustür. *Amber ist doch meine Freundin! Warum lässt sie mich im Stich? Ich habe doch niemanden auf der Welt außer ihr und Jim! Wie soll ich denn alleine zurechtkommen? Soll ich mich etwa doch den Cats anschließen? Hat da nicht Amber nach mir gerufen? Nein, niemand. Alles still.* Leise öffnet er die Tür, wartet auf der Schwelle, ob er nicht doch zurückgebeten wird. Als nichts geschieht, schlüpft er tieftraurig hinaus.

Heruntergebrannte Kerzen

Beim Aufwachen spürt Amber, dass ihr Haar verklebt ist. Ihre Sorge um Jim und Lucy und auch die unverminderte Hitze haben sie in dieser Nacht schlecht schlafen lassen. Sie steht auf, wirbelt mit den Händen die feuchten Strähnen auseinander, tritt ans Fenster und zieht die Vorhänge auf. Es kann nicht lange nach Sonnenaufgang sein, trotzdem schätzt sie die draußen herrschende Temperatur auf mehr als fünfundzwanzig Grad, denn die Luft steht flirrend über dem Rasen. Amber dunkelt das Zimmer wieder ab und geht zum Duschen ins Bad.

Hierauf sucht sie sich – ein Handtuch um die nassen Haare gewunden – wie jeden Morgen in ihrem Schrank die Kleidung für den Tag aus. Auf dem Boot hat sie nur ausgesuchte Sachen, alles andere ist noch hier. Für die nächsten Stunden zieht sie den kurzen pinkfarbenen Rock mit den Falten und ein weißes ärmelloses Top an. Vor dem Spiegel nimmt sie das Handtuch ab, rubbelt sich die Haare trocken und erfrischt sich eine Weile an ihrem makellosen Anblick.

Doch auf einmal erstirbt ihr selbstverliebtes Lächeln. Sie reißt sich von ihrem Spiegelbild los, legt mit fahrigen Bewegungen die Kleider ab und schlüpft in eine alte Turnhose und ein altes T-Shirt. Sofort geht es ihr besser, sie atmet ruhig durch. Es ist ihr heute einfach nicht möglich, ihren gewohnten Trott fortzusetzen. Sie hat diese allmorgendliche Prozedur der Kleiderwahl und die Wohltat ihres Anblicks im Spiegel wirklich gemocht. Doch an diesem Morgen ist ihr das Ritual plötzlich unheimlich. Sie wird sich ihm nie wieder unterziehen.

Mit wirren Haaren und auf blanken Füßen verlässt sie ihr Apartment, um nach Lucy zu sehen. Seit sie infiziert ist, gilt Ambers erster Morgengang immer ihr. Vor dem Schlafengehen hat sie ebenfalls eine Weile an ihrem Bett verbracht, wie jeden Abend. Als sie von ihrem Daddy schlafen geschickt wurde, hat sie ihm voller Sorge die Nachtwache überlassen. Lucys Zustand ist unverändert gewesen. Es besteht wenig Hoffnung, dass sich daran etwas geändert hat. Trotzdem wünscht sich Amber nichts sehnlicher, als dass es Lucy heute besser geht.

Da im Zimmer die Vorhänge zugezogen und die Jalousien herabgelassen sind, ist es so dunkel, dass Amber sich am Bett vorbei zum Fenster vorantasten muss. Doch sie kennt den Weg und findet sich gut zurecht. Sie zieht die Jalousien nur einen Spalt hoch, da die Kranke das Licht nicht verträgt. Wenn sie aus ihrer Bewusstlosigkeit erwacht, soll die Sonne sie nicht blenden. Als Amber sich zum Bett umwendet, bleibt ihr Blick am Nachttisch haften. Die Kerzen dort sind alle völlig heruntergebrannt, das Wachs ist zu einer unförmigen Masse zerlaufen. Sie kommt einen Schritt näher und fragt leise ins Halbdunkel: „Lucy?"

Keine Antwort. Ihre Stiefmutter liegt genauso in ihrem Bett wie gestern Abend. Reglos, mit eingefallenen Wangen, von den roten Pusteln entstellt. Amber tritt näher, setzt sich und drückt ihr die Hand. Ganz kalt fühlt sie sich an. „Mom?", fragt sie beklommen und versucht ihre Stiefmutter wachzurütteln. Dabei rutscht Lucys rechter Arm von der Decke. Wie ein Fremdkörper hängt ihre Hand über die Bettkante hinab.

Erschrocken schießt Amber hoch. *Ist sie ... tot?* Sie beugt sich zu ihrem Kopf hinunter und befühlt die Stirn. *Kalt!* Am Hals versucht sie den Puls zu fühlen, doch ihre Fingerkuppen berühren kaltes, lebloses Fleisch. Nicht die kleinste Blutbewegung ist zu spüren.

Langsam zieht Amber ihre Hand zurück. Eine ganze Weile steht sie da. Ohne einen Gedanken, ohne ein Gefühl. Erst als ihr die Tränen kommen, kann sie die Leere überwinden, die sich ihrer bemächtigt hat. Sie sinkt aufs Bett, legt ihren Kopf auf Lucys erloschenen Körper und beginnt hemmungslos zu weinen.

Amber hat ihre ganze Trauer über Lucys Tod und die entsetzliche Zeit, die sie durchleiden müssen, in Form ihrer Tränen herausströmen lassen. Jetzt fühlt sie sich besser. Sie erhebt sich vom Totenbett und lenkt ihre Gedanken tapfer auf die Dinge des Lebens. *Daddy muss erfahren, was geschehen ist.* Erst jetzt wird ihr bewusst, dass er nicht hier ist, obwohl er doch bei Lucy hat wachen wollen. *Er wird im Gästezimmer sein und Schlaf nachholen.* In den kleinen Raum neben dem Wohnzimmer hat er sich seit dem Tag von Lucys Erkrankung ab und zu zurückgezogen, um sich dort etwas Ruhe und Abstand zu gönnen. *Armer Dad! Dass Lucy gestorben ist, wird ihm das Herz brechen.*

Amber seufzt auf und zieht die Jalousien hoch, um ihre Stiefmutter noch einmal bei Licht betrachten zu können. Sie tritt ans Bett, hebt sanft Lucys Arm hoch und legt die Hände der Toten ineinander. *Der letzte Liebesdienst, den ich dir erweisen kann.* Eine Zeit lang versenkt sie sich in den Anblick der Verstorbenen. Beim Gedanken an ihre tote Mutter Dianne spürt sie, wie ihr wieder Tränen in die Augen steigen. *Jetzt habe ich zwei Mütter verloren. Aber ich muss auch damit fertig werden!* Ihr fällt wieder Diannes

Leitspruch ein: *„Solange man lebt, sollte man jede Sekunde dafür nutzen, das zu tun, was zu tun ist!“ Danke, Mom!,* denkt Amber. *Auch jetzt werde ich mich daran halten, trotz allem!*

Sie drängt die Tränen zurück und geht ums Bett herum, um Jim die traurige Nachricht zu überbringen. Was sie beim Betreten des dunklen Zimmers nicht hat sehen können, sieht sie in diesem Augenblick. Sie prallt zurück, bis ins Mark erschüttert. Auf dem Boden neben dem Bett liegt ihr Vater. Allem Anschein nach ist er bewusstlos. In brutaler Deutlichkeit sind auf seinem Gesicht die Pusteln zu erkennen.

Obwohl sich in den letzten Tagen abgezeichnet hat, dass auch Jim der Ansteckung nicht würde entgehen können, ist Amber über sein hinfälliges Aussehen entsetzt. In den wenigen Stunden der Nacht hat er körperlich stark abgebaut. Schlaff hängt ihm die Haut auf den Knochen. Über Nacht ist sein Haar völlig grau geworden. Er wirkt wie verkleinert – als hätte ihn das Virus förmlich ausgesaugt.

Hilflos – und schlagartig von jeder Kraft verlassen – sackt Amber in sich zusammen. Neben dem zusammengekrümmt daliegenden Körper ihres Vaters sinkt sie wimmernd zu Boden. „Nicht du auch noch!“, schluchzt sie und rutscht kraftlos zu ihm hin. Sie bettet seinen Kopf in ihren Schoß und streichelt seine glühenden Wangen. „Tu mir das nicht an! Ich wäre doch ganz allein ohne dich! Hörst du, Daddy? Du darfst mich nicht verlassen!"

Jims offen stehendem Mund entringt sich ein Röcheln, seine Augenlider beginnen zu zucken, er kommt zu sich.

„Daddy!", ruft Amber selig und richtet seinen Oberkörper auf. „Los, du schaffst es! Wach auf! Wach auf!"

Plötzlich sind seine Augen sperrangelweit offen. Entgeistert und wie aus weiter Ferne starrt er Amber an. „Was ... was ist ... los?", fragt er stammelnd und versucht sich durch einige schweifende Blicke zu orientieren.

„Du bist ohnmächtig gewesen", sagt Amber zärtlich. „Aber jetzt bist du wieder bei mir!"

Sie erhebt sich und zieht ihn zu sich hoch. Gestern hat er sie noch um mehr als einen Kopf überragt. Nun jedoch scheint er genauso groß zu sein wie sie und macht, von der Krankheit gebeugt, auf sie den Eindruck eines verirrten Kindes. Um ihn das nicht merken zu lassen, zwingt sie sich zur Fassung. *Sei stark, Amber! Lass ihn nicht merken, dass du ihn für verloren hältst. Tapferkeit, Amber – das ist jetzt das Einzige, was zählt!* In diesem Moment hat sie erkannt, dass ihre Kraft jetzt für beide reichen muss: für sich und für ihren todkranken Vater.

„Wie geht es Lucy?", fragt er plötzlich mit überraschend fester Stimme. Er blickt zum Bett hinüber und macht ein paar unsichere Schritte darauf zu. „Ach, ich erinnere mich ...“, stammelt er vor sich hin. „Du bist nicht mehr.“

Am Bett hält er inne und betrachtet Lucys Leichnam. Obwohl er Amber den Rücken zukehrt, kann sie an der Bewegung seiner Schulterblätter erkennen, dass er weint. Amber stellt sich neben ihn, ohne ihn anzusehen. Im Stillen dankt sie Lucy einige Sekunden lang für die aufopferungsvolle Liebe, die sie ihr, Jim und Solaris erwiesen hat.

Sie wagt nicht aufzublicken, als ihr Vater winselnde Töne von sich zu geben beginnt. Auf einmal ein Schrei, wie sie noch keinen gehört hat. Jim wirft sich aufs Bett, schlägt mit den Fäusten auf Lucys toten Körper und ruft immer wieder: „Nein! Nein! Nein!“

Amber wartet, bis er ruhiger geworden ist. Dann beugt sie sich zu ihm, legt ihm zärtlich den Arm um die Schulter und sagt: „Wir müssen uns damit abfinden. Es wird schwer sein, ohne sie auszukommen. Aber wir werden es schaffen! Das verspreche ich dir!“

Ein wirklich guter Freund

Als Dal am späten Abend ziellos durch die Vorstadt streift, sieht er sich unvermittelt vor Ambers Haus stehen. Zu seiner Verwunderung entdeckt er hinter den Terrassenfenstern den schwachen Schein von Kerzenlicht. Da sich jedoch nach wie vor kein Lüftchen regt, muss jemand im Haus sein. *Aber sie wollten doch mit dem Boot weg! Oder ist jemand anders da drin? Plünderer etwa?* Vorsichtig nähert er sich der Garage und lugt von dort aus um die Ecke, um herauszufinden, was im Haus vor sich geht.

Schatten, ganz klar. Kein Lärm. Beim Überfall auf die Heckhams ging es lauter zu. Wie Vandalen haben sich die Cats aufgeführt. Um sich Gewissheit zu verschaffen, wer sich im Inneren befindet, schleicht er an der Vorderfront entlang zur Terrasse und duckt sich seitlich der Türfenster nieder. Nicht der Hauch eines Geräuschs dringt von innen heraus, obwohl die Tür offen steht. Er beugt sich vor und wagt einen Blick ins Innere. Überrascht erkennt er Amber und Jim. Sie sitzen am Tisch und essen.

Dal erhebt sich und klopft an die Scheibe, da er die beiden nicht erschrecken will. *Sie können mich unmöglich erwarten. Schließlich wollten sie schon lange weg sein. Warum sind sie noch da? Jetzt flüstern sie. Schritte nähern sich.*

„Wer ist da?", fragt Jim unfreundlich heraus.

„Ich bin's, Dal!", meldet er sich und tritt aus dem Dunkeln hervor.

„Dal!", begrüßt ihn Jim sichtlich erleichtert. „Was machst du hier?"

„Ich bin nur herumgelaufen und habe bei euch Licht gesehen. Warum seid ihr noch hier? Ist etwas passiert?"

Ihn trifft ein Blick, den er nicht deuten kann. „Komm erst einmal rein", sagt Jim. „Hast du Hunger? Es ist noch Reisbrei übrig." Er führt Dal ins Wohnzimmer, setzt sich und beginnt wieder zu essen. Den Topf, der auf dem Tisch steht, lässt er unberührt, holt auch keinen zusätzlichen Teller herbei. *Eigenartig.*

„Hallo, Amber", grüßt Dal. „Ich dachte, ihr seid schon weg. Hat euch etwas aufgehalten?"

Sie schiebt ihren Teller mit dem Brei von sich, seufzt und gibt gedehnt zur Antwort: „Kann man so sagen, ja. Lucy ist gestorben."

„Oh, nein!"

Da er diese traurige Nachricht erst einmal verdauen muss, versinkt er in Schweigen. *Lucy hat es also hinter sich. Für die beiden tut es mir natürlich Leid. Aber sie, sie hat es hinter sich!* Irgendwie findet er bei diesem Gedanken Trost und blickt auf. Er findet es seltsam, dass Jim noch immer isst, als ob nichts geschehen wäre. Als er ihn eingehender betrachtet, fallen ihm die Pusteln auf. Mit einem fragenden Blick verständigt er sich mit Amber darüber, ob sie die Pusteln ebenfalls bemerkt hat. Die kleine, hilflose Handbewegung, die sie macht, sagt alles. *Nun also auch er. Es musste so kommen. Niemand ist gegen das Virus gefeit. Nur wir Jüngeren. Bald werden wir alle auf uns allein gestellt sein. Und dann?* Der quälende Gedanke, den Banden hilflos ausgeliefert zu sein, bringt ihn dazu, das Schweigen zu brechen.

„Die Stray Cats werden das Haus nicht angreifen“, vermeldet er. „Ich habe sie wieder belauscht. Sie sind unglaublich sauer darüber, dass sie beklaut wurden! Sie machen die Twisters dafür verantwortlich. Das ist eine andere Bande, die sie als ihre Gegner betrachten. Denen wollen sie von heute Nacht an einheizen. Ihr seid hier also für ein paar Tage sicher.“

„Sicher? Hier?“, fragt Jim. Er scheint Dals Neuigkeit irgendwie nicht richtig einordnen zu können.

„Die Twisters treiben sich drüben in Pine Hills herum“, erklärt Dal. „Vor den Cats brauchen wir also keine Angst zu haben.“

„Das ist großartig!“, freut sich Amber. „Dann haben wir also ein paar Tage Zeit gewonnen! Gut. Wir können nämlich hier nicht weg. Erst müssen wir Lucy beerdigen. Würdest du uns dabei helfen, Dal? Du hast sie doch auch gemocht, oder?“

„Klar helfe ich euch!“, erwidert er spontan.

„Weißt du“, fährt sie mit einem mitleidigen Seitenblick auf ihren Vater fort, „wir haben nicht mehr genug Kraft dazu, wir zwei.“

Dal nickt. Er hat genau begriffen, was sie damit sagen will. *Aus Sorge um Jim hat sie bestimmt für zwei geschuftet. Wahrscheinlich hat sie sich beim Schaufeln des Grabs verausgabt. Sie braucht mich. Das ist schön! Ich werde ihnen helfen, so gut ich kann.*

„Freut mich!“, sagt Jim und lächelt. „Dann können wir ihr zeigen, was wir Männer leisten können. Sie glaubt nämlich, ich soll mich schonen. Sicher, Lucys Tod hat mich schwer getroffen. Aber dass ich deshalb die Hände in den Schoß lege, das kommt nicht in Frage!“

„Nein, natürlich nicht“, murmelt Dal versonnen. *Ist schon komisch! Jim reagiert genauso unangemessen auf die jetzige Situation wie vorher, als er aus Rücksicht auf seine Frau Theater gespielt hat. Weiß er überhaupt, dass ihn das Virus erwischt hat? Ich habe jedenfalls nicht den Eindruck.*

„Du musst essen, Daddy!“, ermahnt ihn Amber. „Komm, nimm noch einen Löffel!“

„Nein, danke, ich bin satt“, erwidert Jim und schiebt den Teller von sich. „Den Rest gibt's zum Frühstück. Du kannst über Nacht bleiben, wenn du willst“, wendet er sich an Dal. „Dann können wir in aller Frühe mit der Arbeit beginnen, wenn es noch nicht so heiß ist. Na, wie steht's?“

„Gute Idee!“, wirft Amber ein. „Komm, ich mache dir das Sofa zurecht. Da wirst du schlafen wie ein Murmeltier!“

Dal nimmt ihr Angebot dankend an. Während Jim den Tisch abräumt und in der Küche hantiert, bezieht er mit Amber das Sofa. Jetzt hat er endlich Gelegenheit, sich frei mit ihr zu unterhalten.

„Weiß er's?“, fragt er sie ohne Umschweife. Darum herumzureden käme ihm idiotisch vor.

Amber unterbricht die Arbeit und seufzt. „Ich glaube nicht. Aber sicher kann man bei ihm nie sein. Du kennst ihn ja auch und weißt, wie er ist. Manchmal werde ich nicht ganz schlau aus ihm.“

„Seit wann hat er denn die Pusteln?“

„Seit gestern Nacht. Ich habe ihn heute Morgen gefunden. Er lag bewusstlos neben Lucys Bett. Seither scheint er nicht mehr ganz klar im Kopf zu sein. Vielleicht tut er auch nur so, um es mir leichter zu machen.“

„Wieso leichter? Das verstehe ich nicht."

„Na ja, was weiß ich. Jedenfalls müssen wir so nicht über seine Krankheit reden. Dann ist es fast so, als ob er gar nicht krank wäre."

Dal runzelt die Stirn. „Du meinst also, es könnte sein, dass er dir seinen geistigen Verfall nur vorspielt?"

Amber zuckt die Schultern. „Schon möglich."

„Dann weiß er, wie es um ihn steht, und will dich sozusagen nicht damit behelligen? Das wäre echt stark!"

Dal entlockt ihr mit seiner Bemerkung ein Lächeln. „So ist er eben", sagt sie und fährt mit dem Beziehen des Sofas fort. „Selbst wenn er krank ist, bleibt er immer noch ein Schauspieler!"

„Und wenn er es doch nicht weiß?", forscht Dal.

„Dann ändert sich trotzdem nichts. Ich jedenfalls werde ihm seinen Zustand weiter verschweigen. Und du, Dal, musst mir schwören, niemals über die Krankheit mit ihm zu reden!"

Er hebt die linke Hand. „Kein Wort! Ich schwöre!"

Sie lächelt ihn dankbar an. „Du bist ein wirklich guter Freund, Dal!"

„Du aber auch!", erwidert er stolz und geht ihr daraufhin mit neuer Zuversicht zur Hand.

Am Grab

Für das Grab haben sie die Stelle gewählt, die Lucy im Garten immer am besten gefallen hat. Es ist ein kleiner Hügel mit vier alten Tannen. Und einem wundervollen Blick aufs Meer. Letztes Jahr hat sie hier eigens eine Bank um die Tannen ziehen lassen, auf die sie sich dann an schönen Nachmittagen niederließ, um zu lesen oder ihren Blick übers Meer schweifen zu lassen. Es gibt keinen besseren Platz für sie. Nur sind die Wurzeln der Tannen beim Graben äußerst hinderlich. Jede einzelne müssen Amber und Dal mit Pickel und Beil kappen, um daraufhin die nicht weniger schweißtreibende Arbeit des Grabens fortsetzen zu können.

„Sollen wir eine Pause machen?", fragt Amber. „Wir können uns ja Zeit lassen. Was meinst du?"

Dal hält inne, wischt sich mit dem Handrücken den Schweiß von der Stirn und treibt seine Schaufel ins gelockerte Erdreich. „Okay", antwortet er geschafft. „Ich habe schon seit einer halben Stunde das Gefühl, meine Hände bestehen nur noch aus Schwielen!"

„Da geht's dir wie mir!", lacht Amber und legt ihren Pickel beiseite. „Zudem habe ich riesigen Durst. Also, zehn Minuten Pause! Komm!"

Sie hilft ihm beim Herausklettern und trottet erschöpft mit ihm zum Haus. Während Dal sich auf einen der Gartenstühle niederwirft, geht Amber Limonade aus dem Keller holen. Mit zwei Flaschen kehrt sie zur Terrasse zurück. Als sie dort wieder in die pralle Sonne tritt, stöhnt sie laut auf.

Sie überreicht Dal eine der Flaschen, lässt sich auf der Liege nieder und beginnt mit gierigen Schlucken zu trinken. „Puh, das tut gut!", seufzt sie, nachdem sie abgesetzt hat. „Wenn nur die Erde nicht so hart wäre! Mir tut schon alles weh! Aber Jammern hilft nicht. Na ja, wir schaffen das schon!"

„Armes Kind!", meint Jim kopfschüttelnd. „Tut mir wirklich Leid, dass ich euch nicht helfen kann. Aber sobald ich in die Sonne gehe, platzt mir der Kopf. Ich würde umkippen, sofort!"

„Ist schon gut!", versucht Amber ihn zu trösten. „Wir kommen ohne dich ganz gut klar, ehrlich! Stimmt's, Dal?"

„Logisch!", antwortet der. „Wir beide sind ein prima Team!"

„Fertig!", verkündet Amber eine Stunde später in der Grube und wischt sich den Schweiß von der

Stirn. „Bin gespannt, wie unser Werk von draußen aussieht!"

Dal geht voran, sie folgt ihm. Am Rand des Grabs kniet sie nieder und blickt hinein. Dal steht neben ihr. „Was hältst du davon?", erkundigt sie sich vorsichtig, von dem Gedanken erfüllt, dass in diesem Loch bald ihre Stiefmutter liegen wird.

„Ein schönes Grab", sagt er einfach. „Wie geht es jetzt weiter?"

„Komm!"

Sie gehen zum Haus, ruhen sich kurz aus und waschen sich dann mit Wasser aus Plastikflaschen. Währenddessen hat Jim sich das Grab angesehen, ist aber sehr schnell wieder in den Schatten zurückgekehrt. Nachdem er ihr Werk gelobt hat, ist er eingeschlafen. *Die Ruhe tut ihm gut. Müssen wir Lucy eben ohne ihn heruntertragen. Wird schon gehen!*

Sie fordert Dal auf, ihr nach oben zu folgen. Am Bett der Toten bleibt sie stehen und gedenkt schweigend noch einmal all der schönen Stunden, die sie gemeinsam verbracht haben. Mit einem Seufzer reißt sie sich vom Anblick des Leichnams los.

„An die Arbeit!", sagt sie zu Dal.

Gemeinsam breiten sie ein Laken über den Leichnam und ziehen ihn behutsam aus dem Bett. Unaufgefordert packt Dal Lucys Beine, während Amber ihren Rumpf übernimmt. Auf diese Weise transportieren sie die Tote nach unten und durch den Garten. Am Grab legen sie den Leichnam nieder.

Amber weckt ihren Vater. Unter den Tannen setzt er sich auf die Bank und spannt einen Regenschirm über sich auf. Amber hat ihn zum Schutz gegen die sengende Sonne für ihn mitgebracht.

Jetzt könnte Jim die Trauerfeier mit einer Ansprache beginnen. Amber erkennt jedoch auf den ersten Blick, dass er im Moment nicht dazu in der Lage ist. Seinen Lippenbewegungen zufolge scheint er unablässig vor sich hin zu murmeln, ohne dass sie auch nur ein Wort davon verstehen kann. Unter seinen geschlossenen Lidern quellen Tränen hervor.

Auch Amber muss weinen. Ohne sich dagegen wehren zu können, wird sie immer wieder von Schluchzern geschüttelt. Es ist ihr völlig unmöglich, Worte des Abschieds zu sprechen. Keine Silbe brächte sie heraus. Deshalb tritt am Grab eine lange Pause des Schweigens ein, in der nur Ambers Schluchzen und das ferne Rauschen der Brandung zu hören sind.

„Amber!“, ruft Jim plötzlich, als würde er weit entfernt von ihr stehen. Dabei ist sein Blick unverwandt auf Lucys Leichnam gerichtet. „Amber!“, wiederholt er, da sie nicht geantwortet hat.

Sie ist richtiggehend darüber erschrocken, wie fremd und entrückt seine Stimme klingt. „Ja?“, meldet sie sich jetzt leise.

„Du versprichst mir jetzt an diesem Grab ... am Grab deiner Stiefmutter schwörst du ... Ich will nicht, dass du mich als Sterbenden in Erinnerung behältst, hörst du? Die letzten Tage und Wochen waren die schlimmsten in meinem ganzen Leben. Ich bin doch etwas schwach. Falls ich krank werden sollte ... Hörst du? Falls mein Zustand sich verschlechtert ... Du musst mir versprechen, dann wegzugehen. Ich verbiete dir, mich bis zum Schluss zu pflegen! Hast du das verstanden?"

„Ja, Dad", haucht sie.

„Schwöre, dass du mich verlassen wirst, bevor es mit mir zu Ende geht! Wirst du das für deinen Vater tun? Mir dies hoch und heilig versprechen, hier, am Grab deiner Mutter?"

„Ja, Daddy, ja!"

„Dann schwöre es mir! Bitte!"

Amber muss trocken schlucken. *Was er da von mir verlangt, geht über meine Kräfte! Ich soll ihn zurücklassen, wenn er stirbt? Aber er ist doch mein Daddy!* „Ich kann dich doch nicht ...!", stößt sie schluchzend hervor.

„Doch, das kannst du!", unterbricht er sie. „Das ist das Einzige, was ich noch von dir verlange. Geh weg, bevor ich zu schwach bin, dich zum Abschied in den Arm zu nehmen! Geh weg und dreh dich bitte nicht mehr nach mir um! Lass mich einfach zurück und behalte mich so in Erinnerung, wie ich bin."

Das Opfer, das er ihr abverlangt, ist unerhört. Dennoch wird ihr nach dem ersten Schock bewusst, dass sie nicht anders kann als ihm diese äußerste Bitte zu gewähren. Sie beginnt zu begreifen, dass er ein Recht darauf hat, ihr diesen Schwur abzunehmen. Es ist seine Art eines Testaments, sein letzter Wille.

Von Weinkrämpfen geschüttelt, würgt sie hervor: „Ich verstehe dich, Daddy. Ich verstehe, dass es sein muss! Also gut. Ich schwöre feierlich, dass ich gehe, wenn du mich wegschickst!" Sie stürzt an seine Brust, umarmt ihn ganz fest und lässt ihren Tränen freien Lauf.

Nachdem sie eine Zeit lang hemmungslos geweint hat, setzt sie mit erstickter Stimme hinzu: „Aber wir werden noch lange beisammen sein! Das weiß ich ganz sicher!"

„Ja, das werden wir, Kleines, das werden wir!", versetzt er traurig. „Und jetzt begraben wir Lucy. Dal, hilfst du mir, bitte?"

Amber fühlt sich völlig leer. Mit tränenverschleierten Augen verfolgt sie, wie ihr Dad mit Dals Hilfe die Tote ins Grab sinken lässt. Jim wirft ihr eine Hand voll Erde nach. Dann zieht er sich auf die Terrasse zurück, in den Schatten der Markise.

Wortlos machen sich Amber und Dal daran, das Grab zuzuschaufeln.

Einen Schlussstrich ziehen

Dal liegt in seiner Residenz auf der Pritsche und ruht sich aus. Das Rouleau am Fenster ist heruntergelassen, die Tür des Baumhauses geschlossen. Es ist angenehm, im Dämmerlicht zu liegen und zu dösen. Er spürt genau, wie nötig er diese Erholung hat, und schließt die Augen, da er schlafen will.

Die Anstrengungen am Morgen haben ihn ausgelaugt, ihm ist nicht gut, er hat Kopfschmerzen. Obwohl er auf dem Weg hierher im Meer gebadet hat, fühlt er sich wie zerschlagen. Das Wasser war zu warm, um ihn richtig zu erfrischen. Im Halbschlaf erwägt er noch, aus dem Lager der Cats ein Gewehr zu stehlen, um damit die Sonne zu erschießen. Danach fällt er in bleiernen Schlaf.

Nach ungefähr einer Stunde lässt ihn der Hunger erwachen. Die Kopfschmerzen sind weitgehend abgeklungen, nur noch ein Rest von Dumpfheit ist geblieben, auch in den Gliedern. Träge richtet er sich auf. Plötzlich gaukelt ihm der Geschmack von Blaubeermarmelade durch die Sinne, diese herrliche

Süße, gepaart mit dem knackigen Aufplatzen der Früchte, wenn man sie im Gaumen mit der Zunge zerdrückt. Er klettert an der Strickleiter hinab, verbirgt sie wieder im Baum und geht zur Villa, in der Hoffnung, im Keller ein Glas der Köstlichkeit zu finden.

Ein paar Meter vor der Terrassentür bleibt er wie angewurzelt stehen, denn er hat entdeckt, dass auf dem Fliesenboden Glasscherben liegen. Ein Küchenhocker liegt auf den Scherben. Bei genauerem Hinsehen bemerkt er, dass die Scheibe der Tür eingeschlagen ist. Alarmiert eilt er näher und riskiert einen Blick ins Wohnzimmer. Dort bietet sich ihm ein Bild der Verwüstung. Voller Zorn betritt er das Zimmer.

Hier herrscht vollkommenes Durcheinander. Was die Plünderer nicht mitgenommen haben, liegt zerstört im Raum. Selbst den Ascherost des offenen Kamins haben sie aus der Verankerung gerissen. Es sieht so aus, als hätten sie versucht, damit einzelne Steine aus dem Kamin zu brechen. Sämtliche Stühle liegen zerbrochen herum. Der große Eichentisch mit den gedrechselten Beinen und all die anderen Möbel sind weg. Kein einziges Bild hängt mehr an der Wand. An einer Stelle ist sogar der Teppich vom Estrich gerissen.

In der Eingangshalle sieht es nicht besser aus. Auch hier ist alles fortgeschleppt worden. Die Garderobe, der Schirmständer, die große Anrichte, die Standuhr, alles. Sämtliche Gemälde im Treppenhaus fehlen. Im Obergeschoss schaut Dal kurz in seine Zimmer. Dasselbe Bild. Nicht einmal sein Bett haben sie dagelassen, ganz zu schweigen von seinen Büchern, der Anlage, dem Rechner, den Geräten des kleinen Labors, das er sich mit seinen Eltern teilte. *Alles weg!*

Wenn er sich nach ihrem Tod nicht schon längst innerlich von der Villa und ihren Einrichtungsgegenständen verabschiedet hätte, müsste er über die Zerstörungen sicher weinen. Die Schlafzimmer seiner Eltern sehen aus, als hätte eine Bombe eingeschlagen. Die Matratzen sind ebenso aufgeschlitzt wie die Daunendecken, deren Federn über allem liegen wie der Staub von Jahrhunderten. Wo früher das Gemälde von der goldenen Frau hing, das ihm immer so gut gefiel, ist ein Loch in die Wand gestemmt. Der Safe, der hier verborgen war, fehlt komplett.

Wieder, wie im Lager der Cats, fragt er sich, was die Diebe mit dem Geld und den Papieren anfangen können. Geld kann man nicht essen, es wird von keinem Menschen mehr angenommen. Die Papiere sind ebenfalls vollkommen wertlos, denn niemand kümmert sich um juristische Besitzansprüche. War allerdings Moms Schmuck im Safe, können sie wenigstens den gegen Lebensmittel eintauschen.

Deprimiert geht er nach unten. Da selbst die Waschmaschine im Souterrain fehlt, besteht kaum Grund zu der Hoffnung, dass sie den Keller verschont haben. Tatsächlich ist auch er leer geräumt. Die Diebe haben wirklich ganze Arbeit geleistet. Nicht ein einziges Marmeladenglas ist mehr da. Auch keine einzige Flasche von Dads teurem Wein. Obwohl es längst keinen Strom mehr gibt, haben sie sogar die schmiedeeiserne Deckenleuchte geklaut.

Oben wirft er einen Blick in die Küche. Es gibt sie nicht mehr. Sämtliche Geräte und Schränke sind entfernt worden. Der Boden ist mit Scherben übersät. Sein Blick fällt auf ein gerahmtes Bild, das sie achtlos zerbrochen haben. Er kniet sich nieder und hebt es auf. Es ist ein Familienfoto, aufgenommen vor knapp einem Jahr. Das gleiche Bild haben seine Eltern in ihrem Labor stehen, wie er von seinen Besuchen her weiß. Es zeigt ihn im Vordergrund, weiß gekleidet, hinter ihm stehen Mom und Dad.

Er betrachtet es eine Weile, bis ihm Tränen die Augen verschleiern. Dann legt er es zurück und verlässt die Villa endgültig. Draußen atmet er befreit auf. Er hat die Entscheidung gefällt, einen Schlussstrich unter sein bisheriges Leben zu ziehen. Die Zeit, als er mit seinen Eltern glücklich sein konnte, gehört der Vergangenheit an. So wie damals wird es nie wieder sein. Jetzt, da das Haus zerstört ist, hält ihn hier nichts mehr. Auch in seiner Residenz will er nicht mehr bleiben. Nur auf sich gestellt, kann er sich bestimmt nicht lange halten. Er ringt sich zu einer endgültigen Lösung durch und geht ein letztes Mal durch den Garten zum Baumhaus.

Die Kiste mit seinen Erinnerungsstücken steht geöffnet vor ihm. Er sitzt daneben und sieht sich eines nach dem anderen noch einmal an.

Die große, bunte Muschel, die er vom letztjährigen Karibikurlaub mit seinen Eltern mitgebracht hat. Der über vierzig Jahre alte Stadtplan von Paris in Buchform – ein Geschenk seiner schrulligen Tante, schrullig genug, es aufzubewahren. Ein Köcher mit Pfeilen, in die er eigenhändig Nägel als Spitzen eingearbeitet hat. Sheelas Zahnspange. Eine längst völlig ausgetrocknete Schnur, die das Verbindungsstück zwischen zwei Blechbüchsen gewesen ist, mit deren Hilfe er eine Zeit lang mit Sheela zu telefonieren versucht hat, ohne dass es je klappte. Sein Kräuterbuch, das er zum zehnten Geburtstag bekommen hat, mit den drolligen Widmungen seiner Eltern. Die Ausgabe einer Angelzeitschrift, die ihn an die vielen Wochenenden erinnert, die er mit Dad in den Bergen fischen war. Eine Blechkapsel mit dem ersten Milchzahn, der ihm ausfiel, und einer Strähne seines Haars. Ein Sack voller Murmeln, gut zwei Kilo schwer. Ein Zettel, auf dem er die Zeichen der Geheimschrift festgehalten hat, die er mit acht Jahren entwickelt hat. Ein vertrocknetes Apfelkerngehäuse, das zufällig unter die Sachen geraten ist. Die Flasche vom Strand mit der Flaschenpost, auf der noch nie ein Absender vermerkt war, sodass er sie leider nie hat beantworten können. Die dick berußte Glasscherbe, durch die er mit Dad und Mom vor zwei Jahren auf der Wanderung die totale Sonnenfinsternis beobachtet hat, denn sie alle hatten ihre Brillen im Wagen vergessen, die eigens für dieses Ereignis angeschafft worden waren. Sein erstes Computerspiel. Ein Legostein mit den Bissspuren von Maradonna, dem verrückten Hund ihres Nachbarn Olschowski.

Da auch dieser Nachbar ein Opfer des Virus geworden ist, beendet Dal an dieser Stelle seine Musterung der Sachen. *Genug jetzt. Es ist alles vorbei und vergangen. Ich kann nichts mehr damit anfangen. Nutzloser Kram! Schau nach vorne!* Er steht auf und sieht sich ein letztes Mal in seiner Residenz um. Als sein Blick auf das Bild von Sheela fällt, holt er es vom Regal und vergegenwärtigt sich anhand ihrer Züge ihr sanftes und dabei trotzdem zielstrebiges, fröhliches Wesen. Gerührt lächelnd stellt er es zurück. Daraufhin nimmt er den Gaskocher, entzündet ihn mit einem Feuerzeug und hält die fauchende

Flamme ans Rouleau. In Windeseile steht es in Flammen. Er wartet noch, bis sie auf das Holz des Fensters übergegriffen haben, dann steigt er ohne Hast nach unten und schaut unbeeindruckt zu, wie die Residenz vom Feuer zerstört wird. Als die ersten lodernden Bretter zur Erde stürzen, kehrt Dal seiner langjährigen Behausung den Rücken und entfernt sich.

Ein neues Oberhaupt

Jims Zustand ist kritisch. Wachsein und Phasen der Bewusstlosigkeit wechseln einander ab. Anders als bei Lucy, deren Koma etwas Dauerhaftes und insofern auch Verlässliches war, kann bei Jim jede Minute eine dramatische Veränderung mit sich bringen. Seine Kopfschmerzen kommen und gehen. Zuweilen sind sie so stark, dass er sich in seine Bettdecke verbeißt, um nicht schreien zu müssen.

Nur selten und nur für kurze Zeit kann er sich im Wohnbereich des Hauses aufhalten. Amber findet es jedoch mehr als verständlich, dass er um jede Minute seines Aufenthalts in den gewohnten Räumen kämpft. Sein tapferer Umgang mit der Krankheit hat ohnehin ihre ganze Hochachtung verdient. Noch immer gehen beide mit Stillschweigen über die Tatsache hinweg, dass er sich infiziert hat. Auch wenn sie ihn nicht direkt fragen will, wie er sich fühlt, spürt sie in manchen Momenten überdeutlich, wie hart er gegen sich selbst ist. Erst wenn es wirklich nicht mehr anders geht, zieht er sich ins Schlafzimmer zurück.

Dort windet er sich dann im Dunkeln, in dem Bett, in dem Lucy gestorben ist. Er hat Amber ausdrücklich verboten, ein neues Laken aufzuziehen. Auch für diese Eigenwilligkeit hat sie Verständnis gezeigt. Sie erfüllt ihm ohnehin jede Bitte, auch wenn sie dabei schon das eine oder andere Mal bis zur Erschöpfung hat arbeiten müssen.

Gleich nachdem Dal gegangen war, wurden Jims Kopfschmerzen so stark, dass er in ein grässliches Geschrei verfiel. Amber hätte sich nur zu gerne ein wenig von der körperlichen Anstrengung des Grabens ausgeruht, auch von den psychischen Belastungen der Beerdigung und des Schwurs, den sie ihm gegeben hat. Die durch das Haus schallenden fürchterlichen Schreie ließen das jedoch nicht zu. Immer wieder ging sie zu ihm nach oben, um tröstend auf ihn einzureden. Was hätte sie sonst tun können?

Glücklicherweise verlor er danach das Bewusstsein. Dadurch war es ihr möglich, in aller Eile ein paar Nahrungsmittel und Medikamente vom Boot zu holen. Obwohl sie keinen Führerschein hat, ging alles gut. Beim Anblick der wohl gefüllten Bordapotheke jauchzte sie laut auf. An diese Quelle hatte zuvor niemand gedacht. Sofort kontrollierte sie auch die Medizintaschen der beiden Autos, musste allerdings feststellen, dass sie längst geleert waren. Aber mit der Bordapotheke des Bootes hat sie einen wichtigen Fund gemacht.

Zu Hause angekommen, traf sie Jim in unverändertem Zustand an. Sie nutzte die Gelegenheit, um erst einmal etwas zu essen: Salami, Oliven und Zwieback. Sogar während des Essens war sie einmal oben, um nach ihm zu sehen. Sie muss einen wachen Moment bei ihm abpassen, um ihm die Schmerztabletten zu verabreichen.

Nachdem sie gegessen hat, taucht unerwartet Dal auf. Er erzählt ihr, dass er alle Brücken hinter sich abgebrochen hat, und bittet sie darum, in die Wohnung von Solaris ziehen zu dürfen. Amber ist von dieser Idee begeistert. Jemanden in der Nähe zu haben, mit dem sie sich aussprechen kann, wird ihr gut tun. Sie versorgt ihn mit Essen und kümmert sich daraufhin wieder um ihren Vater.

Zum Glück trifft sie ihn wach an. „Na, wie geht's dir?", fragt sie zärtlich, setzt sich zu ihm aufs Bett und hält seine Hand. Er sieht mitgenommen aus. Seine Haare sind grau und strohig.

„Es geht, danke", sagt er matt. „Wenn nur die verfluchten Kopfschmerzen nicht wären!"

„Ich hab Tabletten!", platzt sie mit der frohen Kunde heraus. „Stell dir vor, die Bordapotheke im Boot war voll! Hier, ich habe dir ein Schmerzmittel aufgelöst. Du brauchst nur zu trinken!"

„Wirklich? Das ist ja großartig! Her damit!“

Sie nimmt das Wasserglas mit dem weißlichen Satz vom Nachttisch, rührt noch einmal um und reicht es ihm. Die Dosis ist dreimal so stark wie bei üblichen Kopfschmerzen und wird einschläfernd auf ihn wirken. Gierig trinkt er das Glas leer.

„Ich habe noch eine gute Nachricht“, sagt sie und stellt es weg. „Dal ist bei uns eingezogen, in Solaris' Wohnung. Ich hoffe, du hast nichts dagegen.“

„Ich? Nein, wieso? Er kann dir helfen. Dal ... Das ist gut! Auf den kannst du dich verlassen! Trotzdem, hier könnt ihr auf Dauer nicht bleiben. Irgendwann kommen sie auch zu uns, um zu plündern. Dann müsst ihr hier weg sein!“

Amber schaut ihn erstaunt an. „Und du? Was wird aus dir?“

Er winkt ab. „Denk nicht an mich. Auf dich kommt es an, auf dich allein! Auf dem Land schätze ich deine Überlebenschancen größer ein. Darum geht es, hörst du? Um dein Überleben!“ Er stöhnt auf, fasst sich an den Kopf und lässt sich aufs Kissen zurücksinken. Er hat die Augen geschlossen, ist aber nicht bewusstlos, wie Amber an seinem schmerzverzerrten Gesicht erkennen kann. „Aufs Land!“, sagt er leise, aber eindringlich. „Geht aufs Land! Da findet ihr auf Dauer eher etwas zu essen.“

„Ich werde es mir überlegen“, verspricht sie. „Versuch jetzt ein bisschen zu schlafen. Das wird dir gut tun." Sie drückt seine Hand, legt sie behutsam auf die Decke und erhebt sich.

„Denk an deinen Schwur, Amber", flüstert er. „Du musst gehen! Du musst!"

„Ja, Daddy, ich weiß", erwidert sie traurig. „Schlaf jetzt."

Seine Züge entkrampfen sich. Offensichtlich beginnt das Mittel zu wirken. Sie erhebt sich, blickt sich beim Hinausgehen noch einmal nach ihm um und entfernt sich dann auf leisen Sohlen. Er ist tatsächlich eingeschlafen.

Sie hat ihm geschworen, ihn zu verlassen, und sie will diesen Schwur halten. Nur war keine Rede davon, wann. Solange sie seine Schmerzen durch das Verabreichen des Medikaments lindern kann, will sie auf jeden Fall bleiben. Doch werden die Tabletten mit Sicherheit nur für ein paar Tage reichen. Gehen sie aus, wird er die Schmerzen nicht mehr aushalten, bewusstlos werden und sterben. Bevor das geschieht, muss sie den Absprung schaffen. Die Aussicht auf diese Stunde zerreißt ihr das Herz.

Alles liegt vollkommen deutlich vor ihr. Dennoch ist sie zwischen der Pflicht, für ihren Vater zu sorgen, und der Notwenigkeit, ihr Versprechen zu erfüllen, hin- und hergerissen. Fürs Erste scheinen ihm die

Tabletten zu helfen. Somit haben sie Zeit gewonnen. Heute ist noch nicht der Tag, an dem sie ihren Daddy verlassen muss. Aber vielleicht morgen. Spätestens übermorgen. *Schrecklich!*

Solange er mich braucht, werde ich für ihn da sein. Ich bin bestimmt eine fast so gute Krankenschwester wie Lucy. Das werde ich beweisen! Ich liebe ihn und werde ihm diese Liebe zurückgeben, so gut ich nur kann. Ihm die Krankheit erträglich machen – mehr kann ich nicht tun. Er hat es gut bei mir. Vielleicht bringe ich ihn dazu, eine Kleinigkeit zu essen. Das wäre schön. Er braucht die Kraft. Wenn ich nachher zu ihm gehe, bringe ich ihm Reisbällchen. Ich weiß ja, wie man die macht. Hab oft genug zugesehen, wenn Lucy sie zubereitet hat. Ich werde Dal bitten, in den Gärten nach einem Salat zu suchen. Reisbällchen mit Salat. Daddys Leibspeise.

Sie sucht Dal auf, um ihm ihre Bitte vorzutragen. Wie sie nicht anders erwartet hat, ist er dankbar, ihr und Jim helfen zu können. Während er durch die Gärten streift, macht sie sich ans Kochen.

Irgendwie fühlt sie sich als Familienoberhaupt. Dal ist für sie wie der jüngere Bruder, den sie sich immer gewünscht hat. Für Dal scheint sie die umgekehrte Rolle übernommen zu haben: die der älteren Schwester, die er in Sheela verloren hat. Ihr Daddy ist zu schwach, um als Herr des Hauses gelten zu können. *Nein, nein, das bin ich jetzt, die Chefin meiner kleinen Familie!*

Bei diesem Gedanken erfüllt sie ein seltsames Glücksgefühl, trotz der widrigen Umstände, in denen sie zu leben gezwungen ist. Die felsenfeste Gewissheit, ihrer neuen Rolle gewachsen zu sein, macht sie stolz. Mit frohem Mut geht sie die schwere Zeit an, die vor ihr liegt.

Am Krankenbett

Nicht nur vier prächtige Salatköpfe, sondern auch Kräuter bringt Dal von seinem Gang mit. Die strahlende Miene, mit der er Amber seine Beute übergibt, bringt sie zum Lächeln.

„Wo hast du die denn her?", fragt sie erfreut. „Bei der Trockenheit wächst doch nichts!"

„Stimmt schon", sagt er aufgeräumt. „Aber an einer versteckten Stelle in den Gärten entspringt eine kleine Quelle. Um sie herum gedeiht noch ein bisschen was."

„Prima! Dann haben wir frisches Gemüse."

„Gemüse? Nein! Nur Kresse und dieser Salat hier. Das ist der Rest, leider."

Amber runzelt die Stirn. „Willst du damit sagen, dass die Gärten nichts mehr hergeben? Kein Obst, kein Gemüse?"

Dal schüttelt den Kopf. „Alles weg!" Es tut ihm weh, sie plötzlich so niedergeschlagen zu sehen. Um ihr Hoffnung zu machen, setzt er hinzu: „Vielleicht sieht es auf dem Land besser aus."

„Auf dem Land ...“, wiederholt sie versonnen.

„Ja! Es können doch unmöglich alle Farmen verdorrt sein! Wo es Wasser gibt, muss es auch etwas zu essen geben!“

Amber blickt ihn nachdenklich an. „Du meinst also, wir sollten gehen?“

„Na ja“, erwidert er zögernd. „Wir können nicht ewig hier bleiben.“

„Ich weiß!“, sagt sie angespannt. „Daddy sieht das genauso. Aber ich kann ihn jetzt noch nicht zurücklassen! Vielleicht erholt er sich sogar. Als ich vorhin oben war, hat er ganz ruhig geschlafen. Nein, ich kann ihn jetzt noch nicht verlassen!“

„Das verlangt ja auch keiner von dir“, versucht er sie zu beschwichtigen. „Noch nicht! Nur, wenn du das Versprechen halten willst, das du ihm gegeben hast ...“

„Ja, ja!“, unterbricht sie ihn. „Das ist mir alles klar!“

Da er merkt, welch großer Druck auf ihr lastet, dringt er nicht weiter in sie. Schweigend hilft er ihr dabei, den Salat zu waschen.

Für ihn steht fest, dass sie dieses Haus früher oder später verlassen müssen. Trotz aller Vorräte, die sie auf dem Boot angesammelt haben, sieht er hier keine Zukunft für sie. Denn die bessere Ernährungslage auf dem Land ist nicht der einzige Punkt, der für ein

Weggehen spricht. Sie dürfen nicht außer Acht lassen, dass sie sich hier in großer Gefahr befinden. Mit jedem neuen Tag steigt diese Gefahr. Es ist fast ein Wunder, dass die plündernden Horden noch nicht über sie hergefallen sind. Dal hat sich in den benachbarten Häusern umgesehen. Es gibt nur noch wenige, die von den Plünderern bislang unbehelligt geblieben sind. Schon allein deshalb müssen sie den Gedanken ins Auge fassen, das Haus aufzugeben. Hinzu kommt Ambers Schwur. Wie er es auch dreht und wendet – sie können gar nicht anders, als ihre Abreise in Betracht zu ziehen.

Amber lässt die vorbereiteten Reisbällchen ins Frittieröl gleiten. „Zum Glück haben wir Gas“, sagt sie nebenbei. „Sonst müssten wir die Bällchen kalt essen. Also, gut, du hast ja Recht!“, setzt sie unvermittelt hinzu. „Morgen gehen wir.“

„Ist das dein Ernst?“, fragt er überrascht.

„Es muss sein! Seit Lucys Beerdigung ist keine Minute vergangen, in der ich nicht ans Weggehen habe denken müssen, das kannst du mir glauben. Vielleicht hast du eine Vorstellung davon, wie wahnsinnig schwer es für mich ist, Daddy zurückzulassen. Es ist fast zu viel für mich, aber es muss sein, ich weiß. Ich darf nicht egoistisch sein. Ich muss seinen Willen erfüllen!“

Dal nickt wortlos. Ihm ist klar, wie groß das Opfer

ist, das Jim ihr abverlangt. Ein größeres kann es kaum geben. Dennoch versteht er ihren Vater durchaus. Es kommt ihm ganz folgerichtig vor, dass Jim ihr diesen Schwur abgenommen hat. Wie er ihr vorspielt, nach wie vor gesund zu sein, will er sie durch den Schwur vor dem Schlimmsten bewahren. Sie hat ohnehin schon genug durchgemacht. Nun auch noch miterleben zu müssen, wie ihr Vater stirbt, hätte einfach keinen Sinn.

Das alles weiß Amber natürlich auch. Dal begreift vollkommen, in welcher Zwickmühle sie steckt. Wie tapfer sie damit umgeht, kann er nur bewundern. Er wäre unter ähnlichen Umständen bestimmt nicht so ausgeglichen, wie sie zumindest nach außen wirkt. Ihre Haltung nötigt ihm großen Respekt ab.

Sie hat die Bällchen aus dem Öl gehoben, gießt nun aus einer Flasche Dressing über den Salat und beginnt ihn zu mischen. Dal muss unwillkürlich lächeln. Er spürt, dass jede ihrer Handbewegungen so etwas wie eine Liebeserklärung an ihren Vater ist. Mit großer Selbstverständlichkeit bewältigt sie die Aufgaben, die sich für sie ergeben haben.

„Hast du schon oft gekocht?", will er wissen.

„Nein. Nur oft zugesehen."

„Dafür machst du es einwandfrei, ehrlich!"

„Ich bringe Daddy jetzt das Essen. Kommst du mit?"

„Klar! Ich nehme die Bällchen, du den Salat und den Teller!“

Als sie das Krankenzimmer betreten, treffen sie Jim in wachem Zustand an. „Hallo, ihr zwei!“, begrüßt er sie erfreut.

Dal erschrickt bei seinem Anblick. Vor allem sein völlig ergrautes Haar versetzt ihm einen Stich. Noch vor wenigen Tagen war es dunkelblond und glänzte. Nun aber gleicht Jim den Bildern, die an der Kopfseite des Bettes hängen und ihn in seinen verschiedenen Rollen zeigen, nur noch schemenhaft. Durch die Pusteln wirkt sein Gesichtsausdruck längst nicht mehr so überlegen, wie dort zu sehen. Sein Kopf scheint regelrecht geschrumpft. Auch seine Arme haben nicht mehr die muskulöse Fülle wie an dem Sonntag, als Dal zum ersten Mal ins Haus kam. Dal erinnert sich noch genau, wie Jim damals zum Spaß seine Oberarmmuskeln schwellen ließ. Das wäre jetzt nicht mehr möglich, denn sein ganzer Körper wirkt ausgezehrt und hinfällig.

„Schön, dass du wach bist“, sagt Amber zärtlich und setzt sich mit der dampfenden Schüssel zu ihm aufs Bett. „Schau mal, was ich dir gekocht habe! Reisbällchen! Dein Lieblingsgericht!“

„Danke! Du kümmerst dich wirklich aufopferungsvoll um deinen kranken Vater!“

Schnell wirft Dal ihr einen prüfenden Blick zu. *Hat sie bemerkt, was er gesagt hat? Es ist das erste Mal, dass er zugegeben hat, krank zu sein!* Doch ihrem Gesicht ist nichts anzumerken. Offenbar ist ihr sein Bekenntnis entgangen. *Oder sie überspielt es.*

„Dal hat sogar frischen Salat gefunden, stell dir vor!“, sagt sie. „Willst du?“

„Ja. Später“, erwidert er. „Stellt es auf den Nachttisch. Dal, setz dich her, bitte. Ich muss mit euch reden.“

Er gehorcht und lässt sich gegenüber Amber auf dem Bett nieder.

„Ich habe nachgedacht“, beginnt Jim und lässt eine Pause eintreten, während der er seine Kräfte zu sammeln scheint. „Ich kann meine Bitte nur wiederholen. Du musst gehen! Die Wirkung der Pillen täuscht dich vielleicht darüber hinweg, wie es in Wahrheit mit mir steht, aber mich nicht. Lange kann ich nicht mehr durchhalten, Amber. Ich sterbe.“

Er bricht ab und sieht Amber voller Verzweiflung an. Dal kann ihr am Gesicht ablesen, wie erschüttert sie ist. Jetzt gibt es keinen Zweifel mehr daran, ob Jim ihr etwas vormacht oder nicht. Er hat die Schauspielerei endgültig aufgegeben und die Karten auf den Tisch gelegt, wie es unmissverständlicher nicht geht.

„Ja, Daddy“, würgt Amber hervor. „Ich weiß.“

„Ihr müsst versuchen, eine verlassene Farm zu finden", fährt Jim fort. „Eine Farm, ja. Eine Farm im Wald. Vielleicht gibt es Wild dort, das ihr jagen könnt. Fleisch, versteht ihr?"

Das Sprechen scheint ihm mit jedem Wort schwerer zu fallen.

„Ja, Daddy", gibt Amber zur Antwort. „Wir haben schon darüber gesprochen."

„Das ist gut! Geht jetzt und lasst mich allein. Ich bin müde."

Dal wirft Amber einen fragenden Blick zu. Er sieht, dass sie weint. Sie macht keine Anstalten, den Kranken zu verlassen. Mit einem schwachen Kopfschütteln fordert sie Dal auf, ihr noch etwas Zeit zu geben. Er allerdings hat das Empfinden, dass dies nicht der letzte Besuch bei Jim gewesen ist. Zumindest hat er die Hoffnung, dass sich Amber noch richtig von ihrem Vater verabschieden kann.

„Gehen wir", sagt sie leise. „Ich glaube, jetzt ist er eingeschlafen."

Abschied

Auf halber Wegstrecke zwischen Lucys Grab und dem Haus hat sich Amber im verdorrten Gras niedergelassen. Sie möchte allein sein und versuchen mit sich ins Reine zu kommen. Die Vorstellung, ihren sterbenden Vater zurücklassen zu müssen, lastet wie ein Albtraum auf ihr. Alles in ihr sträubt sich dagegen, von ihm wegzugehen. Dennoch ist ihr völlig bewusst, dass ihr nichts anderes übrig bleibt.

Nach einer Weile hat sie alle Kraft in sich versammelt und auf diesen einen Punkt konzentriert, auf den es in den nächsten Stunden allein ankommen wird: das Loslassen von all dem, was ihr bisheriges Leben ausmacht. Sie schaut noch einmal zu Lucys Grab hinüber und geht ein paar Schritte darauf zu, um es ein letztes Mal zu besuchen. Plötzlich runzelt sie die Stirn. *Eine Wolke? Seit Wochen hat sich keine mehr gezeigt. Sollte es endlich doch Regen geben?*

Die Wolke, unscheinbar, an ihren unteren Rändern gelblich, steht genau hinter den Stämmen der vier Tannen über dem Grab. Amber geht die kleine Anhöhe hinauf, setzt sich auf die Bank und beschäftigt sich mit ihren Erinnerungen an Lucy. Gleichzeitig beobachtet sie die Wolke.

Ich muss jetzt gehen, Lucy. Das ist mein letzter Besuch bei dir. Wir haben es wirklich schön gehabt, vor dem Virus. Dass es so kommen musste, ist einfach grauenhaft! Dal und ich können hier wahrscheinlich nicht überleben. Er behauptet, er hat jemanden von der Bande ums Haus schleichen sehen. Wahrscheinlich ein Kundschafter. Sie haben es jetzt also doch auf uns abgesehen. Vielleicht irrt Dal sich. Trotzdem, wir müssen gehen und Jim zurücklassen. Kannst du dir das vorstellen? Er stirbt, Lucy, er stirbt! Wir können ihn nicht mitnehmen, obwohl mir das am liebsten wäre. Aber es geht nicht. Er will es nicht, verstehst du? Nein, er will es nicht. Deshalb muss ich jetzt ins Haus und mich auf die Abfahrt vorbereiten.

Sie steht auf und geht traurig, aber gefasst zur Terrasse, wo Dal es sich auf der Liege bequem gemacht hat. „Hast du die Wolke schon bemerkt?“, fragt sie ihn und deutet zu den Tannen.

„Schon lange!“, gibt er zur Antwort.

„Was meinst du? Bringt sie Regen oder nicht?“

Er schüttelt entschieden verneinend den Kopf. „Die ist doch viel zu klein!“

„Möglich. Ich sehe mal nach Daddy. Vielleicht ist er aufgewacht.“

Ohne von Dal begleitet zu werden, geht sie nach oben. Jim schläft noch immer. Seinen Zügen nach zu urteilen ist er schmerzfrei. Amber setzt sich auf den Stuhl neben seinem Bett.

Wenn ich gehe, werde ich genauso verwaist sein wie Dal. Das ist natürlich schrecklich, aber ich werde schon fertig damit. Du musst dir keine Sorgen um mich machen, Daddy. Ich schaff das schon! Du hast Dal doch gehört: Neulich hat er gesagt, er und ich seien ein gutes Team. Das stimmt! Du weißt es ja. Wir zwei schlagen uns durch. Vom Boot holen wir Proviant, laden ihn auf den Pick-up und fahren nach Osten. Der Karte zufolge sieht es dort am besten für uns aus. Wir werden die Farm, die dir vorschwebt, schon finden, da bin ich mir sicher. Irgendwie werden wir durchkommen, keine Angst. Er wird auf mich aufpassen und ich auf ihn. Da kann gar nichts schief gehen!

Sie steht auf und geht zum Fenster. Durch den Spalt in den zugezogenen Vorhängen hält sie nach der Wolke Ausschau. Wenn sie nicht alles täuscht, ist sie ein wenig größer geworden. Von hier oben sieht der Himmel diesig aus, zumindest zum Horizont hin. *Scheint was draus werden zu können!*

Als sie sich zu Jim umdreht, hat er die Augen geöffnet. Er lächelt matt. „Immer noch da?“, sagt er heiser.

Sie setzt sich aufs Bett und ergreift seine Hand. „Daddy, geht es dir besser?“

Er schüttelt leise den Kopf. „Erst, wenn du unterwegs bist.“

„Kann ich nichts mehr für dich tun? Wirklich gar nichts mehr?“

„Doch, kannst du. Die Schmerzmittel. Wo ...?“

Sie zieht die Schublade des Nachttischs auf und drückt ihm das dort für ihn bereit gelegte Päckchen mit den Pillen in die Hand. „Hier steht ein voller Krug Wasser für dich. Warte, ich rücke ihn näher zu dir heran. Und da steht ein Glas.“ Sie macht ihm Krug und Glas zugänglich. Er braucht nur den Arm auszustrecken, um beides zu erreichen. Einen so geschwächten Eindruck wie diesmal hat er noch nie gemacht. Deshalb ist es wichtig, dass er die wenigen Dinge, die er noch braucht, in unmittelbarer Nähe hat. Es hat den Anschein, als wäre er nicht mehr fähig, sich aufzurichten. Vorsorglich gießt Amber ihm Wasser ins Glas, weil er vielleicht nicht mehr genug Kraft hat, die Karaffe zu heben.

„Noch was“, sagt er. „Schieb mich ans Fenster. Ich will dich sehen bis zum Schluss. Du darfst dich aber nicht nach mir umdrehen.“

„Das habe ich dir doch versprochen!“, erwidert sie und versucht das Bett zu bewegen. Sie hat sich nichts anmerken lassen, aber seine Worte haben ihr ins Herz geschnitten. *... bis zum Schluss.* Ihr drängt sich die deutliche Vorstellung auf, wie sie mit Dal weggeht und ihn zurücklässt. Gleichzeitig nimmt sie jedoch in ihrer Fantasie die Stelle ihres Daddys ein und sieht – von seinem ans Fenster gerückten Bett aus – wie sie beide seinen Blicken entschwinden. Dadurch hat der Abschied eine Gestalt angenommen. Obwohl sie sich geschworen hat, beim Abschied stark zu sein und nicht zu weinen, laufen ihr jetzt die Tränen übers Gesicht.

„Das verdammte Bett rührt sich keinen Millimeter!“, flucht sie, um sich abzureagieren, und wischt sich die Tränen ab. „Ich muss Dal holen.“

„Geh nur“, sagt er leise. „Ich warte.“

Irritiert schaut sie ihn an, bis ihr klar wird, was er gesagt hat. *Er zögert sein Sterben hinaus, bis ich mein Versprechen erfüllt habe!* Eine Gänsehaut läuft ihr über die Arme. Betreten nickt sie ihm zu und geht vor die Tür, um Dal herbeizurufen. Die Tür zu schließen, wagt sie jedoch nicht. *Es könnte Daddy töten.* Als Dal sich meldet, geht sie eilig zurück. Ihr Daddy lächelt ihr zu und schließt dann die Augen. *Unglaublich, wie gut er sich hält! Ich bin wirklich stolz auf ihn!*

Dal muss gedacht haben, dass etwas passiert sei, denn er ist schneller da als erwartet. Als er Jims entspannte Züge erblickt, fällt die Besorgnis sichtlich von ihm ab. „Was gibt's?“, fragt er.

„Daddy will, dass wir sein Bett ans Fenster schieben, damit er uns bis zum Schluss sehen kann."

„Verstehe", sagt Dal knapp und stemmt sich gegen das Bettgestell.

Bald haben sie die gewünschte Position erreicht. Als die Bewegungen des Bettes verebbt sind, öffnet Jim die Augen und schaut eine Weile durchs Fenster nach draußen. Amber folgt seinem Blick. Ihr fällt auf, dass die Wolke inzwischen zu doppelter Größe angeschwollen ist. Ihr Daddy hat freie Sicht auf Lucys Grab, einen Großteil des Gartens und die Auffahrt bis hinunter zum Tor. Er scheint damit zufrieden zu sein, denn er nickt mehrmals.

„Dal?", sagt er mit brüchiger Stimme.

„Ich bin hier", meldet er sich.

Jim streckt suchend seine Hand aus. Dal macht einen Schritt darauf zu und lässt sich von Jim am Arm packen, obwohl er unter dem offenbar harten Griff zusammenzuckt. „Dal, du musst auf mein Mädchen aufpassen, hörst du?"

„Das werde ich! Versprochen!", sagt er tapfer.

„Beschütze sie! Ich kann es nicht mehr." Nach diesen Worten beginnt er zu weinen, lässt sich jedoch selbst davon nicht aus dem Konzept bringen. „Kümmere dich um sie! Ihr sollt einander helfen, hört ihr?"

„Wir versprechen es!", sagt Dal und nickt Amber verschworen zu.

„Gut. Geh jetzt, Dal. Ich möchte mit meinem Mädchen alleine sein."

Durch ihre Tränen hindurch nimmt Amber wahr, wie Dal ihrem Daddy zum Abschied die Hand drückt. Dann geht er aufschluchzend hinaus. Jetzt ist sie mit ihrem Vater allein.

„Komm her, mein Mädchen", sagt er mit dünner Stimme. Amber gehorcht sofort und setzt sich zu ihm aufs Bett. „Jetzt heißt es Abschied nehmen. Schau mich noch einmal an. Bin ich sehr zerfallen?"

„Nein, Daddy, nein!", schluchzt sie.

„Schon gut." Er setzt neu an: „Mit mir geht es zu Ende. Du wirst dich beeilen müssen, Amber, liebe, liebe Amber!" Die Gefühle für sie, die er in diese Worte legt, überwältigen ihn derart, dass er in wimmerndes Weinen ausbricht. „Umarme mich ein letztes Mal!", fleht er sie an.

Sie legt ihren Kopf auf seine Brust, schlingt die Arme um seinen ausgezehrten Leib und drückt ihn ganz fest. Ihr Körper bebt, so heftig muss sie weinen.

„Es ist gut", sagt er schließlich. „Und jetzt, geh, bitte. Vergiss deinen alten Vater nicht, ja?"

„Ja", bringt sie mit belegter Stimme hervor und richtet sich auf, um ihn anzuschauen. „Ich werde dich bestimmt nicht vergessen, Daddy, solange ich lebe!" Verzweifelt setzt sie nach einer Weile hinzu: „Soll ich wirklich gehen?"

Er hat die Augen geschlossen und nickt nur müde mit dem Kopf. Amber weiß nicht, was sie tun soll. Eine Weile bleibt sie unschlüssig auf dem Bett sitzen. Dann versucht sie die innere Kraft wieder zu finden, die sie vorher im Garten gesammelt hatte. Als es so weit ist, küsst sie ihren Daddy auf Stirn und Wangen. Dann verlässt sie ihn, wie sie es ihm versprochen hat.

An der Haustür wartet Dal auf sie. Ohne den traurigen Augenblick mit einem Wort zu entweihen, folgt er ihr zum Wagen. Als sie einsteigen, fallen erste Tropfen auf die Windschutzscheibe. Auf dem Weg die Auffahrt hinunter ist Amber kurz versucht, in den Rückspiegel zu blicken. Aber sie tut es nicht.

Ende

Hinweise für *The Tribe*-Fans!

Interesse an regelmäßigen Informationen
über die nächsten *The Tribe*-Bücher?
Dann abonniere den **Dino *The Tribe* Newsletter**
– die perfekte Informationsquelle
für alle *The Tribe*-Fans!
Sende uns eine E-Mail an
thetribe-info@panini-dino.de
und der nächste Newsletter
geht auch an deine Mail-Adresse.

Alle bisher erschienenen Bände aus der Reihe
The Tribe und *The Tribe – Die Vorgeschichte*
kannst du im Buchhandel kaufen.
Sollte dein Buchhändler diese nicht vorrätig haben, kann er die gewünschten Bücher für dich
innerhalb weniger Tage bestellen.
Gerne kannst du dich auch mit deiner
Bestellung an den Panini-Leserservice,
Gerlinger Straße 140, 71229 Leonberg,
Fax 07152/358689 wenden.

LESEPROBE:

Die Vorgeschichte von Lex und Ryan:

Lies hier einen Auszug aus der Vorgeschichte von Lex und Ryan.
The Tribe – die Vorgeschichte Band 2:
Lex und Ryan,
ISBN 3-89748-727-6

„Wo ist Serena?", fragt Lex besorgt, als er mit vier Erfrischungsgetränken in Pappbechern auf die gut besuchte Haupttribüne zurückkehrt und seine Mutter dort nirgends ausmachen kann.
„Ihr Näschen pudern", gibt Jenny arglos zur Antwort.
„Und Mitch?"
„Der wollte dir entgegengehen und beim Tragen helfen."
Lex wirft Jenny einen bitterbösen, strafenden Blick zu. „Sag mal, spinnst du? Wie konntest du sie nur alleine lassen? Du scheinst von diesem ganzen verdammten Trubel hier so fasziniert zu sein, dass du ihr den Grund für ihr Verschwinden einfach so abgekauft hast, ja?" Sie blickt betreten zu Boden. „Tut mir Leid, Lex, ehrlich", haucht sie. „Ich hab wirklich nicht daran gedacht, dass sie ..."
„Verfluchter Mist!", fällt er ihr ungnädig ins Wort. „Sie kann überall sein! Wo soll ich sie nur suchen?" Erregt schaut er sich nach den Aufschriften über den Ausgängen der verschiedenen Blocks um. Als er den schnellsten Weg zum Wettschalter erkundet hat, wendet er sich Jenny zu und befiehlt ihr: „Du wartest hier auf Mitch. Ihr sucht sie in der Bar, ich an den Kassen." Mit diesen Worten stürmt er davon, ohne sich weiter um Jenny zu kümmern.

Während er sich mit groben Stößen den Weg durch die Menge bahnt, steigert sich sein Ärger über Jennys Leichtfertigkeit zur blanken Wut. Wie konnte sie nur zulassen, dass Serena sich verdrückt hat? Diese Frauen haben keinen Funken Verstand. Keine von ihnen! Jetzt muss er ihren Schwachsinn auslöffeln! Bei seiner Mutter ist er es gewöhnt, ihre verdammten Fehler wieder gutmachen zu müssen. Sie ist krank, ein hirnloses Wrack, sie kann für ihre Dummheit wenig. Aber Jenny! Sie säuft nicht, und trotzdem ist sie nichts wert! Er hat es satt, hat es abgrundtief satt, immer für sie nach dem Rechten sehen zu müssen. Am liebsten würde er sie auf den Mond schießen.

Für den Bruchteil einer Sekunde beschleicht ihn der Gedanke, einfach nach Hause zu gehen und seine Mutter ihrem Schicksal zu überlassen. Weder ihr Aufenthaltsort noch der trostlose Zustand, in dem sie vermutlich anzutreffen sein wird, bekümmert ihn wirklich. Derlei Sorgen macht er sich schon lange nicht mehr um sie. Aber sie befindet sich auf einer Rennbahn. Wenn sie ihrer Wettleidenschaft frönt, ist ihr Einsatz mit ziemlicher Sicherheit abzuschreiben, denn ihr fehlt jegliche Übersicht. Allein aus dieser Angst um das Geld, das sie in genau dieser Minute verspielen kann, versucht er sie ausfindig zu machen.